ロイヤルロマンスは突然に

「許さない。私の愛撫を受けながら、ほかの男の話をしたお仕置きだ」

彼の放った蜜が、二人の手のひらと屹立の間に入ってヌルヌルと側面を滑らせる。

「……アアッ……アアッ……！」

ロイヤルロマンスは突然に

水上ルイ

16017

角川ルビー文庫

Contents

口絵・本文イラスト／明神 翼

須藤《すどう》 駆《かける》

「……はあ……おなかすいた……」

オレは呟《つぶや》いて、力なく桟橋《さんばし》に座り込む。

目の前に広がるのは、夜明けの地中海。そして白い桟橋が何本も続く、美しいモンテカール・マリーナ。豪華《ごうか》なクルーザーが所狭《ところせま》しと並び、穏《おだ》やかな波にユラユラと揺《ゆ》れている。これらの持ち主は、パーティー疲《づか》れで豪華なマンションで眠《ねむ》っているか、本国にある自分の会社で采配《さいはい》を振《ふ》るいつつ、次の休暇《きゅうか》のクルージングに思いをはせているだろう。どっちにしろ、オレには遠い世界で。

オレの名前は須藤駆。二十一歳。写真の専門学校を出て二年の、駆《か》け出しカメラマンだ。

オレの両親は、オレが中学二年生の時に事故で亡《な》くなった。親戚《しんせき》をたらいまわしにされていたオレを最後に引き取ってくれたのは、カメラマンだった父の親友、織田政利《おだまさとし》だった。

彼は有名なカメラマンだったからロケで海外に行くことも多かったんだけど、日本にいる時にはいつもオレと一緒《いっしょ》にいてくれた。中学、高校ときちんと卒業させてもらったオレは、写真の専門学校に進むことを希望した。そして二年前、専門学校を出たオレは、彼の弟子《でし》、兼《けん》、撮《さつ》影《えい》助手になって彼が撮影に行く場所にいつでも同行した。唯一《ゆいいつ》一緒に行かなかったのは……彼の最後の撮影になった中東の地だけだ。

……まあ、その師匠《ししょう》も一年前に亡くなっちゃったんだけど。

オレはキュウキュウいうお腹《なか》をなだめるために、背中にしょっているデイパックを下ろして、横のポケットからミネラルウォーターのボトルを出し、中に入っていた水を飲む。

「……うーん、美味《おい》しい。この物価のバカ高い国に来て、唯一助かったのは水道水が飲めることだなあ」

師匠にくっついて海外ロケに行っていた頃《ころ》、よく食事どころか水を飲むことすらままならない状況《じょうきょう》に陥《おちい》っていた。コンビニなんか国内に一軒《いっけん》もないであろう辺境の地はもちろん、物価が高くて水を買うのも馬鹿《ばか》らしくなるようなリッチな場所に行った時にも。師匠はオレに、「機内で出た保存の利《き》くものはともかく大事に取っておけ、水はくめるところでくんでおけ。腹が減っては撮影はできぬ」とよく言っていた。

……今回もそれを守って本当によかった。昨日の夕食は機内で出たクラッカーだったし。

師匠の教えで、海外に行く前にはそこの水道水が飲めるのかをきちんと調べていく。国によっては水質が悪いだけでなく病気の危険性があって水道水でうがいをしただけでヤバイような場所もあるし、かと思ったら水道水がミネラルウォーター並みに美味しい国だってある。前者の場合は体調を崩《くず》さないように（カメラマンは身体《からだ》が資本だからな）泣く泣くミネラルウォーターをその都度買うんだけど、後者の場合は一本だけミネラルウォーターを買い、そのボトルを水筒《すいとう》代わりにして水道があるところで水を補給する。撮影で屋外にいると、特に乾燥《かんそう》している国ではものすごく喉《のど》が渇《かわ》く。いつでも水を持っていることは、思い余ってカフェに飛び込んでバカ高い飲み物を注文しちゃうのを防ぐ効果もある。一円でも節約して、機材代、そして次のロケ代に使え、と師匠からずっと言われてきた。だからオレが飲んでいるのはユースホステルでくんできた水道水。このモンテカールは山からの水を浄化《じょうか》しているので水質に問題がないだけでなくとても美味しい。

「……師匠は、最後まで貧乏《びんぼう》だった」

煌《きら》めくモンテカール湾《わん》を見つめ、ミネラルウォーターを飲みながら、彼のことを思い出す。

「……でも、最期《さいご》まで本物のカメラマンだった」

オレは師匠の顔を思い出し、そして、今のオレの状態を知ったら彼はなんて言うだろう、と考えてみる。

「……きっと、どやされるだろうな。『こんなたるんだ写真を撮《と》っていてどうする』って」

師匠の死後、オレはしばらく呆然《ぼうぜん》とし……それからなんとか写真で食べていかなきゃ、と思った。専門学校はダントツの成績で出ていたし、期間はほんの一年だったけど、師匠と一緒にほかの若手が経験できないような過酷《かこく》な撮影を体験したし。……だけど。単なる助手だったオレの写真の腕《うで》は本当にまだまだで、プロとしてはまったく通用しなかった。かと言ってカメラを捨てることだけは考えられず……オレは学校の先輩《せんぱい》のツテで、細々と仕事をしている。

……でも、いい写真が撮れれば、収入はぐんとアップするし、もしかしたらどっかの出版社とかが目に留めて仕事をくれるかもしれないし！

ここは、世界に名だたる富豪《ふごう》国、モンテカール公国。フランスとイタリアの間、海岸線沿いに広がる面積五・五キロの小さな国。治めているのはモンテカール公爵《こうしゃく》、奥さんは元ハリウッド女優。息子《むすこ》が一人いて、海外に留学して超一流《ちょういちりゅう》大学を卒業した超エリートだったはず。

タックスヘイブンでもあるこの国は世界中の大富豪達が別荘《べっそう》を持つことで有名で、海沿いのメインストリートには高級ブランドの店や、格式の高いホテルやレストランが立ち並ぶ。街から一望できるモンテカール湾にはモンテカール・マリーナがあり、大富豪達が所有する豪華なクルーザーが停泊《ていはく》している。オレが今見渡《みわた》してる場所だ。

ここでは毎年、F1レースが開催《かいさい》される。『モンテカール・グランプリ』と呼ばれるそれは公道を使って行われるF1レースで、その時期には世界中からF1ファンが詰《つ》め掛《か》ける。しかしその時期、ホテルの予約はすべて一週間単位でしかできなくなり、さらに普段《ふだん》の三倍の宿泊料になる。もともと超高級ホテルで一泊《いっぱく》が十万円以上するようなホテルばかりなので、庶民《しょみん》はとても手が出せない。

さらにレースのコース脇《わき》にある観戦席のチケットは争奪戦《そうだつせん》で、値段がぐんぐん跳《は》ね上がる。

前に来た時には師匠にくっついてきたからプレスチケットをもらえたんだけど……もちろんオレみたいな新米カメラマンだけではもらえるわけがなかった。残り少ない貯金をここまでの旅費に使ってしまったオレは、なんとしてでも売れる写真を撮らないと、と覚悟《かくご》を決めている。

……このままなんの写真も撮れずに日本に帰ったら、師匠と一緒に暮らしていた安アパートの家賃すら払《はら》えなくなる。すぐにでも写真を辞《や》めて、アルバイトを探さなくちゃいけない。

……どうしても写真は続けたい。だから、今回の旅行で絶対に売れる写真を撮らなきゃ。

有名雑誌に掲載《けいさい》されたり写真集を出すのがもちろん夢ではあるけれど、今のオレの主な収入は、著作権フリーの写真を撮ってそれを売ること。撮った写真のデータを持ち込み、プロのデザイナーがよく利用するフリー素材の配布サイトで公開してもらうんだ。同じサイトでも質の高い写真は高く、さらに有名写真家のものはフリーじゃなくて一ダウンロードいくら、というように料金を取って公開されていて、かなりの著作権料が入る。もちろん新人のオレのものは、たとえ使える写真が百枚あっても三、四万円、と最低ランク。著作権料まではいかなくても、もうちょっとお金のもらえるランクの写真を撮るのが今のオレのささやかな夢だ。

……そのためには、いい写真を撮らなくちゃ！　このモンテカール・マリーナの写真なんか、けっこういい値段で売れるかも！

オレは思い……だけど片手には着替《きが》えや機材が入った大きなボストンバッグを提《さ》げ、もう片手にはカメラケースを提げていることに気づく。

……こんな大荷物じゃ撮影なんかできないよな。でもこの辺に置き去りにして盗《と》られたらしゃれにならないし。

オレはふと桟橋の手前に、白く塗《ぬ》られた木材の壁《かべ》と可愛《かわい》らしいブルーの屋根を持つ小屋があるのに気づく。切符《きっぷ》売り場にあるような小さな窓があり、そこには白いブラインドが閉められていて中は見られない。でも、羽根の隙間《すきま》から明かりが漏《も》れている。かなり朝早いけれど、もう誰《だれ》か出勤して来てるんだろう。

……怪《あや》しまれないように挨拶《あいさつ》をした方がいいかもしれない。ついでに、荷物を預かってもらえないか聞いてみよう。

オレは師匠の『頼《たよ》れるものはなんでも頼れ』という教えを思い出しながら、小屋に近づく。防水加工のビニールバッグにパスポートと財布《さいふ》を入れ、ジーンズの後ろのポケットに差し込む。それから窓をコンコンとノックしてみる。人の声はしなかったけれど、中で何人かの人間が動く気配が伝わってくる。ブラインドが少しだけ開き、続いて窓が内側から開かれる。

顔を覗《のぞ》かせたのは、意外にもごつい男だった。厳《いか》つい顔、黒のポロシャツに包まれたマッチョな身体。小さなおじいさんか誰かがいることを想像していたオレは、少し驚《おどろ》く。

「あの、マリーナの撮影をしたいんですけど」

オレはカメラケースから出した自分のカメラを示してみせる。

これは師匠がオレに遺《のこ》してくれた大切なカメラ。プロ用デジタルカメラ『ライカスS2』。

漆黒《しっこく》のボディはマグネシウムのダイキャスト、モニターカバーは強固なサファイアガラス。画素数は三七〇〇万画素。確か販売《はんばい》価格は三百五十万円だったと思う。

これは師匠がオレにくれたもので、もしかしたら当座の生活費に充《あ》てろってことだったのかもしれないけれど……オレはもちろん売ったりせずにこれを持って写真を撮る旅に出たんだ。

その大柄《おおがら》な男はオレのカメラを見下ろして、驚いたような顔をする。

「『ライカスS2』……すごいな、現物は初めて見ました」

「カメラに詳《くわ》しいんですか？」

「ああ、いえ……すみません。私語は慎《つつし》みます」

男はちょっと動揺《どうよう》したように赤くなり、咳払《せきばら》いをする。オレは彼の人間的な顔にちょっとホッとしながら、

「あと……ホテルを引き払ったばっかりで、荷物をたくさん持ったままなんです。よかったら預かってくれませんか？」

オレが言うと、男はなぜかとても驚いた顔で、オレの顔と足元のボストンバッグを見比べる。それから、

「上の者に聞いてみます。しばらくお待ちください」

意外に丁寧《ていねい》な口調で言って、窓とブラインドを閉めてしまう。何を言ってるかは聞こえないけれど、男がボソボソと何かを話しているのが聞こえる。ほかの二、三人の声がそれに答え、

さらにどこかに電話をかけ始めたみたいだ。

……なんか大仰《おおぎょう》だな。クルーザーの持ち主以外は立ち入り禁止とか？

オレは振《ふ》り返って、美しい朝焼けに煌めく桟橋《さんばし》と、オレンジ色に染まるクルーザー達に見とれる。

……でも、やっぱり撮りたい！

思った時、小屋の脇にあるドアが開き、中からさっきの男が出てくる。予想以上に彼が大きかったことにオレはちょっと気圧《けお》される。

「お荷物をお預かりします」

二メートル近い大男に丁寧に言われて、オレはなんだか妙《みょう》に恐縮《きょうしゅく》してしまいながら、

「すみません。そしたらこのバッグと、このカメラケースをお願いできますか？」

「かしこまりました」

彼は、かなり重いボストンバッグをひょいと持ち上げ、もう片方の手でカメラのハードケースを丁寧に受け取る。

「すみません、お願いします」

「お預かりします。撮影《さつえい》が終わったらお声をかけてください。行ってらっしゃいませ」

やっぱりやけに丁寧な口調で言って、そのまま小屋に入っていく。

……助かった！

急に身軽になったオレは、尻《しり》ポケットにパスポートと薄《うす》い財布がちゃんと入っていることを確かめ、カメラを持って桟橋を歩き出す。

……これで撮影ができる！

オレは桟橋の風景や、船のマスト、そして朝焼けの海を撮《と》りながら桟橋をゆっくりと進む。もちろんプライバシーのために船の名前は撮らないようにしているし、もしも誰かが出てきたとしても相手の顔も撮らないつもり。だけどたくさんのクルーザーにはまったく人の気配はなく、船体を洗うおだやかな波音と、軽いシャッター音だけが、オレを包んでいる。

師匠《ししょう》が大切にしていたカメラは本当に使いやすくて、未熟なオレでも素晴《すば》らしい写真が撮れそうな気がしてくる。もちろん、まだまだそんな気がするだけなんだけど……液晶《えきしょう》画面に映し出される美しい画像を見ていると、オレだっていつかは立派なカメラマンになれるんだって希望が湧《わ》いてくるみたいで……。

オレはシャッターを切りながら桟橋を進み、そして、先端《せんたん》に近い場所にひときわ大きく、豪《ごう》華《か》なクルーザーが停泊していることに気づく。船体は純白、金属類は美しい黄金色。船体の脇には『Maximilian XVI』という文字が金色で描《えが》かれている。

「……なんて綺麗《きれい》なんだろう……」

朝焼けの光に浮《う》かび上がる白い船体は、多分全長が四十五メートルくらいはあるだろう。前に別の国で撮影をしている時に師匠に教わったんだけど……三十六メートル以上のクルーザーは別名メガヨットと呼ばれ、値段も小型船とは桁違《けたちが》い。内装にもよるだろうけど……五、六十億円とか、庶民《しょみん》の想像を超《こ》えた値段がつけられていたはず。だからメガヨットは半端《はんぱ》な富豪《ふごう》ではとても手に入れられず、そのせいでヨットのオーナーの垂涎《すいぜん》の的といわれるらしい。

窓の並びを見ると、船室は一階と二階に分かれているみたい。その上には甲板《かんぱん》がありそう。窓は偏光《へんこう》ガラスになっていて中は見えないけれど……きっとすごく豪華なんだろう。

……こんな豪華な船体、すごく絵になる！　いい素材写真が撮れそうだ……！

オレは、桟橋を歩きながら夢中でシャッターを切り、その美しいクルーザーと、オレンジ色に染まる地中海を撮った。

……ああ、この船の甲板から写真が撮れたらどんなに素敵《すてき》だろう？

オレは、胸が熱くなるのを感じながら思う。

……どうしても、船の上から撮ってみたい……！

オレは思い……それから思わず辺りを見回す。

……こんな立派な船なんだから、きっとセキュリティーのために船室に入るドアにはきっちり鍵《かぎ》がかかってるに違《ちが》いない。だから……甲板だけならちょっとだけ乗らせてもらってもいいんじゃないかな？

……いや、やっぱりダメだ。いくらいい写真が撮りたいからって……。

オレは桟橋をウロウロしながら迷い……それから師匠の言葉を思い出す。

……そうだ、師匠も『迷ったら撮れ。どの一瞬《いっしゅん》も、一生に一度の機会だ』って言ってた。

オレはもうすぐ明けてしまいそうな空と、白いクルーザーを見比べる。

……貧乏《びんぼう》なオレがこのモンテカール公国に来られるのなんて、きっと一生に一度のことだ！

ここであきらめたら、一生後悔《こうかい》しそうな気がする！

「すみません、お邪魔《じゃま》します！」

オレは両手を合わせて言い、カメラのストラップをしっかり握《にぎ》って桟橋からクルーザーの後部甲板に飛び移る。船室の脇《わき》を通るようにして細い甲板を進み、前部の甲板に出る。

「……うわあ、すっごく綺麗だ」

オレは感動してしまいながら、船の舳先《へさき》と、その向こうに広がる朝明けの空を撮り続ける。

……師匠のカメラのおかげもあるだろうけど……。

オレは夢中でシャッターを切りながら思う。

……すごくいい写真が……。

「何をしている？」

いきなり後ろから低い声が響《ひび》き、まさか人がいるなんて思っていなかったオレはものすごく驚く。慌《あわ》てて振り返ろうとした拍子《ひょうし》に腰が手摺《てす》りにぶつかって……。

「うわっ！」

バランスを崩《くず》したオレは甲板で足を滑《すべ》らせ、後ろに倒《たお》れるような格好になる。腿《もも》の半ばまでしかない手摺りを支点にして、身体《からだ》が後ろにゆっくりと回転する。そしてそのまま後ろ向きに海に落ちそうになり……。

……命より大事なカメラだけは……！

オレは必死でカメラを甲板に投げる。そのあたりに帆布《ほぬの》で作られたデッキチェアがあったと思ったんだけど……案の定、ポスンという軽い音だけでカメラは無事に着地する。

……よかった、カメラは無事かも……！

オレは思い、それから自分が海に向かって落下していることを思い出す。

……いや、オレは無事じゃないけど……！

バッシャーン！　という派手な水音、背中に叩《たた》かれたような痛み。夜明けの空だけになっていた視界が、泡立《あわだ》つ水で遮《さえぎ》られる。

オレは泳ぎは得意なんだけど……シャツとジーンズが水を吸って、ずしりと重い錘《おもり》のようになる。腕《うで》も脚《あし》もまともに動かすことができなくて、身体が水中に引き込まれている。

……溺《おぼ》れる……！

思った瞬間《しゅんかん》、恐《おそ》ろしくなる。息を止めることも忘れてしまい、塩辛《しおから》い水がたっぷりと口の中に流れ込んでくる。

「……ぐうっ！」

咳《せ》き込んでいる間にさらに海水を飲み込み、もがけばもがくほど身体がどんどん水中に沈《しず》んでいく。暗い水中にクルーザーの底が見え、オレは一気にかなりの深さまで沈んでしまっていることに気づく。

……うわ、オレ、ここで死ぬのか……？

パニックになったオレの視界に、ふいに人影《ひとかげ》が現れる。その人は美しいフォームで泳いでオレに近づき、オレの手首を強く摑《つか》む。そのまま強く引き寄せられ、オレの身体が逞《たくま》しい腕に抱《だ》き締《し》められる。彼が力強く水を蹴《け》ると、身体が水を切って水面に向かい……一瞬後、オレの顔は水面から外に出されていた。

「ぷはっ！」

首を支えられた姿勢で、オレは必死で息を吸い込み……また咳き込む。

「ゴホゴホゴホッ！」

激しく咳き込んでいるオレの両腕の下に、後ろから腕が差し込まれる。羽交《はが》い締《じ》めにされたような格好のまま水面を運ばれ、クルーザーの脇にある手摺りを摑まされる。

「上がれるか？」

後ろから言われ、オレは必死でうなずく。全力を振り絞《しぼ》って身体を持ち上げ、甲板に四つん這《ば》いになってさらに咳き込む。続いて水から上がってきた誰《だれ》かが、オレの背中を乱暴に平手で叩く。

「水を飲んだんだろう？　ちゃんと吐《は》き出せ」

「ゲホゲホ！」

オレはさらに咳き込み……やっと気管に入り込んでいた海水を吐き出すことができた。胸から喉《のど》までが、塩水のせいで焼け付きそうに痛い。

「……はあ……はあ……」

オレは四つん這いの姿勢のまましばらく喘《あえ》ぎ……それから、すぐ近くにある帆布でできたデッキチェアの上に、大切なカメラがちゃんと載《の》っていることを確かめる。

「……よかった、カメラが無事で……」

オレは四つん這いのまま近寄り、デッキチェアの上に置いてあったタオルでカメラを大切に包む。万が一水滴《すいてき》が飛んでいて、カメラが故障でもしたら大変だからだ。

「カメラよりも自分の心配をしろ」

怒《おこ》った声がして、オレは恐る恐る顔を上げる。オレのすぐそばに、助けてくれた男が立っていた。

「大丈夫《だいじょうぶ》か？」

彼は聞くけれど……オレは答えるのも忘れて、彼の顔に陶然《とうぜん》と見とれてしまう。

濡《ぬ》れて額に張り付く金茶色の髪《かみ》。

陽《ひ》に灼《や》けた滑《なめ》らかな肌《はだ》。

凛々《りり》しい眉《まゆ》と、高貴な感じの細い鼻梁《びりょう》。

少し神経質そうな形のいい唇《くちびる》。

セクシーな長い睫毛《まつげ》の下から見つめてくるのは最高級の宝石みたいな美しい琥珀色《こはくいろ》の瞳《ひとみ》。

彼は、まるで神が作った彫刻《ちょうこく》みたいに端麗《たんれい》な美貌《びぼう》の男だった。

海水に濡れ、ぴったりと張り付いた白のシャツ、ベージュの麻《あさ》のスラックス。そこに浮《う》かび上がるのは、彫刻みたいに完璧《かんぺき》に鍛《きた》えられた、逞しい長身。

逞しい肩《かた》、厚い胸、少しの緩《ゆる》みもなく引き締まったウエスト、腰の位置がとても高く、見とれるほど脚が長い。

……撮《と》りたい……。

早朝の光の中で見る彼は、まるで夢のように麗《うるわ》しく、オレは呆然《ぼうぜん》とする。オレの中のカメラマンとしての本能が、シャッターを切りたい、と叫《さけ》んでいる。……しかし。

……いや、今はもちろんそれどころじゃない。それに、このとんでもない美貌、どこかで見たことがあるような……？

「この私を、海に飛び込ませるとは」

彼は不機嫌《ふきげん》に言って、濡れた髪をかき上げる。そんな仕草もめちゃくちゃサマになっていて、まるでCMみたいに格好いい。

……ああ……誰だっけ？　有名な映画俳優？　モデル？　どこかで写真を見たことが？

「うわっ！」

思い出したオレは、思わず声を上げてしまう。

「モンテカール公国の王子様だ！」

彼はこのモンテカール公国の元首、ヨハン・クリステンセン大公爵《こうしゃく》の長男で……名前は、マクシミリアン・クリステンセン。正式な世継《よつ》ぎ候補で、公爵の爵位を持ってるはずだ。

「わざとらしいぞ」

彼は、秀麗《しゅうれい》な眉間《みけん》に深い皺《しわ》を寄せながらオレを睨《にら》みつけてくる。

「私の船だと知らずに乗ってきたとでも言うのか？　嘘《うそ》をつけ」

彼はとても怒ったように言い、タオルに包んだカメラを抱き締めたオレの身体を、いきなり抱《だ》き上げる。

「どこのゴシップ誌のカメラマンだ？」

……うわ……。

自分が男の腕にお姫様《ひめさま》抱っこされていることが信じられずに、オレは呆然としてしまう。

……いや、ボーッとしている場合じゃなくて。

「あなたが何を言いたいのかわからない。オレがどうして、いきなりゴシップ誌のカメラマンになるんだよ？」

「写真を撮っていたじゃないか」

彼は低い声で言いながら、オレを抱いたまま船内に入る。

「なんで写真を撮ったら、いきなりそうなるんだ？」

「先週末の深夜、セクシーな服装の女性が桟橋《さんばし》を渡《わた》ろうとして警備員に捕《つか》まった。三日前の午後、水着姿の女性が桟橋を渡ろうとして捕まった。いずれもカメラを隠《かく》していて……身元を調べたら二人ともゴシップ誌の記者だった。一人はアメリカ、一人はイタリアの雑誌だったが、いずれも『編集長にプリンス・マクシミリアンのスクープ写真を撮れ。彼は遊び人なのでいざとなったら誘惑《ゆうわく》すればいい』と言われてきたらしい」

「それは……」

大変だったね、と言おうとした時、彼はオレを抱いたまま肘《ひじ》でドアを開き、クルーザーの中に踏《ふ》み込んだ。オレは部屋の中を見回し、内装のあまりの豪華《ごうか》さに声も出せなくなる。

……なんだこれ。本当に船？

天井《てんじょう》が高くてパーティーが開けそうなほど広々としたリビングを横切り、彼は船の中とは思えないような大きな螺旋《らせん》階段を上っていく。上の階はベージュの絨毯《じゅうたん》が敷《し》き詰《つ》められたベッドルームになっていて、部屋の真ん中、一段高い場所には爽《さわ》やかな純白のベッドカバーが掛《か》けられ、シックなシルクのクッションが並んだ巨大《きょだい》なベッドが置かれていた。寝《ね》たまま夜空が見上げられるようにか、ベッドの真上には大きな円い天窓が開けられている。

彼は、オレがあまりの豪華さに呆然としている間にベッドルームを横切り、奥にある木の扉《とびら》を肘で押し開ける。

中は、純白のタイル張りの脱衣室《だついしつ》。そこを通り抜《ぬ》け、曇《くも》りガラスのドアを押し開けたところは、床《ゆか》と壁《かべ》の全面に同じく純白のタイルが貼《は》られた広々としたバスルームだった。正面にはプールみたいに大きなジャクジー。その向こう側一面が窓になっていて、爽やかな早朝のモンテカール湾《わん》を一望できる。

彼はオレを抱いたままバスルームを横切り、ガラスで仕切られたシャワーブースにオレを下ろす。

「カメラを」

手を出されて、オレは思わずカメラを胸に抱き締めてしまう。彼はため息をついて、

「勝手にいじったりしない。湿気《しっけ》のない場所に置いてくるだけだ。それともカメラと一緒《いっしょ》にシャワーを浴びたいか？」

オレは慌《あわ》ててかぶりを振《ふ》って、彼の手にカメラをそっと渡す。彼はそれを持って、バスルームを出て行く。曇りガラスの向こう、彼がそのまま脱衣室から出て行くのがうっすらと透《す》けて見える。

……抱き上げられて驚《おどろ》いたけれど、シャワールームに運ばれたってことは、冷えた身体《からだ》をシャワーでゆっくりあたためなさいってことだよね？

オレは彼が出て行った後のバスルームのドアを見つめながら思う。

……あの王子様、乱暴そうだけど助けてくれたし、けっこういい人？

オレがホッと息をついた時、脱衣室のドアが再び開いて彼が入ってきて、バスルームのドアが大きく開かれる。

「……えっ？」

驚いている間に彼はずんずん歩いてきて、オレがいるシャワーブースに入ってくる。そのまま黙《だま》って彼は手を伸《の》ばし、レバーを操作する。天井に設置された大きなシャワーヘッドから、あたたかなお湯が雨のように二人の上に降り注ぐ。冷たい海水でびっしょりだった身体に、あたたかなシャワーが心地《ここち》いい、だけど……。

「さっき撮っていた写真のデータをすべて消去するように要求する」

彼が言い、厳しい顔でオレを見下ろしてくる。

「言うことを聞かないのならしかるべき手段で出版社に抗議《こうぎ》する。どこの社の人間だ？」

言いながら、彼の手がオレの濡れたシャツの襟元《えりもと》にかかる。自分でボタンを外そうとするけれど、その手を軽く払《はら》われ、そのまま彼の指でボタンが外される。

……こんなに怒った顔をしつつ、なんで濡れた服を脱《ぬ》がせてくれてるんだろう？　もしかして、意外に世話好きの王子様だとか？

オレは不思議に思いながらも、彼の質問に答える。

「誰《だれ》かに頼《たの》まれたんじゃない。これがパパラッチに追われる王子様の船だなんて知らなかった。船に勝手に乗ったことは謝るよ。でも、夜明けの海があんまり綺麗《きれい》だったから……」

ボタンをすべて外され、濡れたシャツが身体から剝《は》がされ、床に落とされる。

「白々しいことを言う」

彼が言いながらオレのジーンズの前立てのボタンを外し、ファスナーを一気に引き下ろす。

「待って、もういいよ。この先は自分で……」

「おとなしくしていろ」

野生動物みたいな琥珀色《こはくいろ》の瞳《ひとみ》で睨まれ、オレは魅入《みい》られた獲物《えもの》みたいに動けなくなる。

彼はジーンズと下着を摑《つか》み、それを一気に足首まで引き下ろす。履《は》いていたデッキシューズが脱がされ、両足を交互《こうご》に持ち上げられて、そのまま足首からジーンズと下着が引き抜かれる。

まるで子供みたいに身体を露《あら》わにされる恥《は》ずかしさに、オレは一人で赤くなる。

「しかも、おまえみたいな若くて世間知らずなガキを派遣《はけん》してくるなんて……」

いつの間にか濡《ぬ》れた服をすべて脱がされていたオレは、自分がこの美しい男の前で素《す》っ裸《ぱだか》になっていることに気づいて真っ赤になる。しかも彼の身体に濡れたシャツが張り付いて……写真家としてはどうしても目が離《はな》せなくて……。

……すごい……なんて美しい身体をしてるんだろう……？

彼の身体はアスリートのように完璧に鍛えられた筋肉で覆《おお》われていて、まるで彫刻のよう。お湯に濡れた髪《かみ》が彼の首筋に張り付いて……怖《こわ》いほどセクシーだ。

……うわ……なんでドキドキしてるんだ、オレ……？

「しかも……脱がされただけで、こんなに勃《た》てるなんて」

言いながらいきなり屹立《きつりつ》を摑まれて……オレは、いつの間にか自分が激しく勃起《ぼっき》してしまっていたことに初めて気づく。

……嘘、だろ……？

「やはりゲイか。編集長になんと言われて来た？」

……なんでだ？　なんで勃ってるんだ、オレ？

「強情《ごうじょう》を張らずに言え。私はバカにされるのが何より嫌《きら》いなんだ。でないと……」

キュッと濡れた屹立を扱《しご》かれて、オレは思わず声を上げる。

「……ああっ」

「身体で誘惑して、ベッドでの写真を撮《と》れとでも言われたのか？　さすがに色っぽい声を出すが……それくらいで私が夢中になると思うな」

「そんなこと……！」

両親を亡《な》くしてからのオレは生きることで精一杯《せいいっぱい》だった。師匠《ししょう》の家に引き取られてからカメラに夢中で、女の子と付き合ったことすらなかった。もちろんセックスどころかキスだってしたことがない。だから、オレには、他人の手で愛撫《あいぶ》されるなんて、とんでもない衝撃《しょうげき》で……。

「……う……ああ……っ」

いきなり摑んできたにもかかわらず、彼の愛撫はやけに優《やさ》しかった。不慣れなオレの身体はきつく扱かれたらきっとすぐにイッてしまっただろうけど……ゆるゆると愛撫されると、身体の奥から不思議なほどの熱が湧《わ》き上がってくる。

「……ダメ……んんっ」

「白状しろ。どこに雇《やと》われた?」

「……違《ちが》う……オレはどこにも……」

「じゃあどうしてこんなに勃てている? この身体で誘惑するつもりだったんだろう?」

身を屈《かが》め、耳元で低く囁《ささや》かれる。その瞬間《しゅんかん》、シャワーの湯気であたためられた彼の身体から、ものすごくいい香《かお》りがふわりと立ち上ったことに気づく。

あたためられた彼の肌《はだ》からは、潮の香りのほかに、とても爽やかなレモンとオレンジの香りがした。その後に続くのはオトナっぽい針葉樹。そしてとてもセクシーなムスク。

「……あっ……」

会ったばかりの、しかもこんな美しい男に愛撫されていることをリアルに感じて……オレの屹立がなぜかさらに勃ち上がってしまう。

……ああ、どうして……?

オレの視界が、湯気と快感に滲《にじ》む。夢のように麗《うるわ》しい男が、オレを見下ろしている。

……同じ男にアソコを愛撫されるなんて、絶対に許せないはず。だけど……なんでこんなに感じてるんだ、オレ?

彼の琥珀色の瞳の奥に、野獣《やじゅう》みたいに獰猛《どうもう》な光があるのが見えて……オレの全身が快感に震《ふる》えて……。

「……アアッ！」

足先から、怖いほどの甘い電流が駆《か》け抜ける。目の前が真っ白にスパークし、オレの屹立が、ビクンッ！　と大きく跳《は》ね上がる。

「……くう……っ」

オレの屹立の先端《せんたん》から、ドクン、ドクン！　と欲望《よくぼう》の蜜《みつ》が激しく迸《ほとばし》った。

「……あっ！」

この旅行のためにずっとアルバイト尽《ずく》めで、自慰《じい》さえも忘れていた。オレの蜜は恥ずかしいほどの勢いで飛び、彼の仕立てのよさそうなシャツ、そして彼のとても麗しい顔までを汚《よご》してしまう。

「……ああ……っ」

オレはもう立っていることもできずに、そのままズルズルと座り込む。

「どうした？　もうおしまいか？　私を誘惑《ゆうわく》しろと言われたのではないのか？」

上から見下ろされ、冷たい声で言われて、オレはカッとなって彼を睨《にら》み上げる。

「誘惑とか言われても、オレは誰ともエッチなんかしたことない！」

叫《さけ》ぶと、彼は驚いたように目を見開く。オレは、

「有名な写真家になって、いつかは可愛《かわい》いお嫁《よめ》さんをもらって、ロマンティックな初夜を迎《むか》えるのが夢だった！　なのに、どうして男にイカされなきゃならないんだよっ！」

思い切り叫ぶオレに、マクシミリアンは戸惑《とまど》った顔をする。

「ちょっと待て。本当なのか？」

「クソ！　疑うならちゃんと見ろよっ！」

オレはシャワーブースから飛び出し、バスルームのドアを開き、脱衣室《だつい》に置いてあったバスタオルを掴む。それで身体《からだ》をざっと拭《ふ》き、腰《こし》に巻きつけてベッドルームに踏《ふ》み出す。見回すと、カメラはさっきオレがタオルにくるんだ時の状態のまま、ベッドサイドのテーブルに置かれていた。

……彼は、言葉どおり、カメラに触《さわ》ったりはしなかったんだな。

ホッと息をついたオレは、バスローブを着て出てきた彼の前で、タオルを慎重《しんちょう》に解く。そしてどこも濡れたりしていないことを確かめる。電源が入りっぱなしだったことに気づいて、ため息をつく。

……大事なカメラを乱暴に扱《あつか》ってごめんなさい、師匠。

それから、彼の方に液晶《えきしょう》画面を向ける。ボタンを操作すると、さっき写した画像が、そこに再生される。

「疑うなら全部見ろよ。あなたの写真なんか一枚もないよ」

言ったオレに、マクシミリアンは手に持っていたバスローブを差し出す。

「どうでもいいが、そんな格好でいられると目の毒だ」

言われて初めて、オレは自分が上半身裸《はだか》のままで仁王立《におうだ》ちになっていたことに気づく。オレは彼の手からバスローブを引ったくり、代わりに彼にカメラを渡《わた》す。オレがバスローブを着ている間に、マクシミリアンはカメラを操作して写真を確認《かくにん》し……それから呆然《ぼうぜん》とした声で言う。

「たしかに……クルーザーと海の写真ばかりだな」

「当たり前だ。オレは駆け出しカメラマンで、ＷＥＢに置かれてるロイヤリティフリーの素材写真が専門だ。疑うならサイトを見てみろよ。プロなら誰《だれ》でも知ってる『Dynamic Photo』っていうサイトだ」

オレはため息をつき、

「オレの名前は、カケル・スドウ。サイトにプロフィールと顔写真も載《の》ってる。オレの名前で検索《けんさく》すればいいよ。そしたら、オレがどんなに安い写真しか撮ってないか、よくわかるから」

言って、彼を睨み上げる。

「オレは全財産をはたいてこの国に来たんだ。レースの写真を撮ってなんとか少しはステップアップしたかった。でも……」

オレは自分の状況《じょうきょう》を思い出し、なんだか泣きそうになりながら言う。

「モンテカール・グランプリの観客席のチケットは、日本ではまったく手に入らなかった。ネットオークションでは数十万円もした。さらに百万円近くする観戦ツアーを取るのは絶対に無理だったし、まだ新米でコネもないから取材で入るのも拒否《きょひ》された。この国に来てからずっと交渉《こうしょう》して回ったけど、いろいろな場所が予約済みで、コースが見られそうな穴場なんてどこにもなかった。もう最悪だ」

オレがここに到着《とうちゃく》したのは一昨日《おととい》。ユースホステルに荷物を置いたまま、ずっと脚《あし》を棒にしていろいろな場所を回り、交渉を続けてきた。だけど……どうしてもダメで。

「しかもユースホステルの同室のヤツがゲイで、寝込《ねこ》みを襲《おそ》われそうになって慌《あわ》ててチェックアウトした。せめて夜明けの海の写真でも撮ろうと思ったら、こんなことになるし……」

マクシミリアンが、オレの手にそっとカメラを返してくれる。

「悪かった。私は神経質になりすぎていたかもしれない。この船の窓はすべて偏光《へんこう》ガラスなので、レンズを近づけない限り中の様子は撮れない。私はリビングにいて内側から君の姿を見ていた。だが……たしかに君はそんなことはしていなかった」

オレは、あの時、彼がガラスの内側にいたことを知って驚《おどろ》いてしまう。

「そうなんだ……持ち主がいることを想定して、ちゃんと声をかければよかった……」

「あるゴシップ新聞の記事が原因で、毎日たくさんのパパラッチに追われていた。さらに誘惑目的の記者にまで訪問されて……疲《つか》れて、感覚がおかしくなっていた」

彼は、その琥珀色《こはくいろ》の瞳《ひとみ》でオレを見下ろして言う。

「許してもらえないかもしれないが……本当にすまなかった」

その真摯《しんし》な声に、オレはドキリとする。

……ヤバい、またドキドキしてきた。

「もういいよ。女の子じゃないんだから、ヤローに身体を触られたくらい、別に……」

自分の声が微《かす》かに震えていることに気づき、オレは慌てて咳払《せきばら》いをする。

「まあ……ちょっとは驚いたけど」

オレはカメラを大切に抱《だ》き締《し》め、それから彼に向かって頭を下げる。

「オレの方こそ、いくら海が撮《と》りたかったからって勝手に船に乗ったりしてごめんなさい」

顔を上げると、彼がとても驚いたような顔をしてオレを見つめていた。それから深いため息をついて、

「怒《いか》りに任せて身体に触《ふ》れたりして、悪かったな」

「気にしなくていいよ。あなたは溺《おぼ》れそうになったオレを助けてくれたし……それにオレ、けっこう溜《た》まってたみたい。ちょっと触られただけでイッちゃったのはオレの方だし」

言ったら、頬《ほお》がまた熱くなるのを感じる。

……そうだ、彼は少し脅《おど》かそうとしただけ。あれくらいでイッちゃうなんて、オレの方がどうかしてたんだ。

「そろそろ行くね。あ……服、取ってこなきゃ」

オレはカメラをサイドテーブルに置いてバスルームに戻《もど》る。シャワーブースの床《ゆか》にビシャビシャになった二人分の服、そしてオレの履《は》いていたデッキシューズが落ちていることに気づいて、ため息をつく。

……オレの服はともかく、彼の服はすごく高そうなのに。

オレは二人分の服と自分の服をざっと絞《しぼ》り、デッキシューズを拾い上げて脱衣室に戻る。

……王子様だから、いつもは使用人が全部やってくれるのかな？

オレは思うけれど……。

……師匠《ししょう》と住んでいた頃《ころ》は家事担当だったから、こういうの、放《ほう》っておけないんだよなあ。

オレは洗面台のボウルに水をため、彼のシャツと麻《あさ》のスラックスを順番に入れ、丁寧《ていねい》に押し洗いする。彼の下着がものすごく格好いい黒のビキニだったことにちょっと赤くなりながら、それも洗い、タオルで水気を吸い取って皺《しわ》を伸《の》ばして畳《たた》む。洗面台の上にきちんと積み上げてから、自分の服を適当に洗って絞る。ジーンズのポケットに入っていた防水バッグを開けて、パスポートや、財布《さいふ》の中に入れてあった帰りの飛行機チケットが濡《ぬ》れていないことを確かめ、ホッとため息をつく。

……ビシャビシャになったのと、喉《のど》がまだ痛いのを除けば、とりあえず無事ってことか。

……ここで着たら部屋の絨毯《じゅうたん》が濡れちゃいそう。甲板《かんぱん》で着替《きが》えるか。

オレはバスローブを身につけたまま服とデッキシューズを抱《かか》え、その上に防水バッグを載せてベッドルームに戻る。

「シャワーを貸してくれてありがとう。甲板で着替えて、そのまま帰る。バスローブはデッキチェアに置いておくね。朝の忙《いそが》しい時間に大騒《おおさわ》ぎになっちゃってごめんなさい」

頭を下げ、カメラを摑《つか》んで踵《きびす》を返す。広々とした螺旋《らせん》階段を下りながら、オレは思う。

……ああ……ほんの一時間足らずだったけど、なんだか夢みたいな時間だったな。

マクシミリアン・クリステンセン

「シャワーを貸してくれてありがとう。甲板で着替えて、そのまま帰る」

バスルームから戻ってきた彼は、そう言ってチラリと私に笑いかける。私は、彼が真っ白い歯をしていて、その笑《え》みがとても美しいことに気づいてなぜかドキリとする。

私の名前はマクシミリアン・クリステンセン。二十九歳。このPrincipaute de Monte-Carlu（プランシポテ・ドゥ・モンテカール）――通称《つうしょう》モンテカール公国――の元首であるモンテカール大公爵《こうしゃく》の一人息子《むすこ》。自身も公爵の爵位を持っている。

物心ついた頃からスイスの寄宿学校で帝王学《ていおう》を叩《たた》き込まれ、そこを卒業した後はハーバード大学に進んで経済学を学んだ。大学卒業と共にこの国に戻り、次期元首として父の公務の半分を引き継《つ》いだ。アメリカで学問三昧《ざんまい》だった私には、モンテカール大公爵家の教えはあまりにも堅苦《かたくる》しく、正式に王子として顔見せを終えてからの世間の好奇《こうき》の目は耐《た》え難《がた》いものだった。公人としての公務はもちろんこなすが、それ以外の時間をくだらない社交に費《つい》やすことはとても無駄《むだ》に思える。私はパーティーのある夜には大公宮殿《きゅうでん》を抜《ぬ》け出し、このクルーザーか、モンテカール湾《わん》を見下ろせる場所にある別荘《べっそう》で過ごすことにしていた。

……まさか……こんな不思議な青年と出会ってしまうとは思いもしなかったのだが。

「バスローブはデッキチェアに置いておくね。朝の忙しい時間に大騒ぎになっちゃってごめんなさい」

彼はぺこりと頭を下げ、カメラを摑んであっさりと踵を返す。

その瞬間《しゅんかん》、彼の身体《からだ》からフワリと甘い香《かお》りが立ち上って私の鼻腔《びこう》をくすぐった。

最初に若者らしいレモン、そして後に残るのは濃厚《のうこう》で甘いハチミツのような香り。それはなぜか胸が痛くなるような……芳香《ほうこう》で……。

彼は、もう振《ふ》り返りもせずに早足でベッドルームを横切っていく。そして裸足《はだし》のまま、螺旋階段を駆《か》け下りていく。

彼の軽い足音を聞きながら、私は呆然《ぼうぜん》と思う。

……なんて不思議な子なんだろう……。

ほんの短い間一緒《いっしょ》にいただけなのに、彼の残像は、私の脳裏《のうり》にまるで写真のように鮮《あざ》やかに刻み込まれている。

濡れて首筋に張り付いた、艶《つや》のある漆黒《しっこく》の髪《かみ》。

小さく整った、卵形の美しい顔。

金色に陽灼《ひや》けした、滑《なめ》らかな肌《はだ》。

どこか気の強そうな眉《まゆ》。

高貴なイメージで細く通った鼻筋。

少年のように無垢《むく》に見える、美しい珊瑚《さんご》色の唇《くちびる》。

きっちりと刻まれた二重瞼《ふたえまぶた》。長い睫毛《まつげ》の下から見つめてきたのは、少年のような潔癖《けっぺき》さをたたえた、宝石のように美しい漆黒の瞳。

彼の視線は胸が痛くなるほどに澄《す》んで、彼がとても真っ直《す》ぐな正義感を持っていることを示していた。だが、その唇から漏《も》れたため息は……信じられないほど甘く……。

私は甘美《かんび》な酒に酔《よ》ったかのように、陶然《とうぜん》と立ちすくむ。

……ああ……私はどうしたというのだろう……？

私の胸の中に、自分のものとは思えない、不思議な感情が湧《わ》き上がるのを感じる。

……このまま、彼を逃《に》がしてもいいのか？

私は、彼の笑みを思い出しながら呆然と自分に問いかける。

……私は次期元首という鎖《くさり》でがんじがらめに縛《しば》られ、とても狭《せま》い世界に生きている。もしも今逃がしたら、空を飛ぶ鳥のように自由に生きる彼とは、きっともう二度と会えない。

階下で、彼がリビングを横切っていく足音が聞こえる。

……そういえば、彼は、甲板で着替える、と言っていた……。

私はハッとして早足で部屋を横切り、螺旋階段を駆け下りる。

彼はまったく気づかなかったようだが、この国の次期元首である私には、厳重な警護がついている。この桟橋《さんばし》に停泊《ていはく》している船はすべて私の持ち物で、そこには複数のＳＰが常駐《じょうちゅう》し、双眼鏡《そうがんきょう》で常に甲板を監視《かんし》している。

「待て！」

私は螺旋階段の途中《とちゅう》から、甲板に出て行こうとしていた彼に声をかける。

「そんな濡れた服では風邪《かぜ》を引く。せめて服が乾《かわ》くまでは……」

私が言うと、彼は驚《おどろ》いたように目を見開き、それから煌《きら》めくような笑みを浮《う》かべる。

「いいよ、別に。この国はあったかいし、空気が乾燥《かんそう》してる。すぐに乾くよ」

「おわびをさせてくれ」

とっさに口から出た私の言葉に、彼は不思議そうな顔をする。

「おわび？　なんの？」

「私の国にわざわざ来てくれた君に、私は失礼なことをした。できる限りのことをしないと気がすまない」

私は階段を下り、彼の前に立つ。そして祈《いの》るような気持ちで言う。

「私におわびをさせてくれ」

……自由な彼は、今にもここから出て行こうとしている。こんな言葉で引きとめられるとは思えないが……。

彼は私を呆然と見上げ……それからふと目元を赤くする。

「あなたって、本当に王子様なんだな。そんなハンサムな顔で見つめられるとドキドキする。なんだかお伽噺《とぎばなし》の世界に紛《まぎ》れ込んだみたいで」

「お伽噺にいるくらい、楽しい思いをしてもらわないと気がすまない。まずは……」

私は身を屈《かが》め、彼の手をそっと取る。

「もう一度ゆっくり風呂《ふろ》に浸《つ》かり、身体をあたためてくれ。その間にシェフに連絡《れんらく》を取り、朝食を用意させる」

「いや、でも、そんなの悪いよ。本当にもう、気にしなくても……」

言いかけた時、彼のお腹《なか》がキュウウッと可愛《かわい》い音を立てて鳴った。

「……あっ……」

真っ赤になった彼を見て、私はあまりの可愛らしさに思わず微笑《ほほえ》んでしまう。

「君の身体は、素直《すなお》なようだな」

「……うう……恥《は》ずかしい……」

……ああ……どうしてこんなに鼓動《こどう》が速くなるのだろう？

◆

電話をしてから十五分。執事《しつじ》と二人のフットマン、そしてシェフが大きな籠《かご》を手にしてクルーザーに乗り込んできた。

バスローブを着ていかにも風呂上がりというように髪を濡《ぬ》らした青年を見て、執事はチラリと私に視線を送ってくる。彼は代々モンテカール大公爵家に仕える一族の人間でとても優秀《ゆうしゅう》な執事だが、その使命感ゆえにときにとても口うるさい。多分、見ず知らずの青年をクルーザーに乗せたことで、セキュリティー上の問題がなかったかを心配しているのだろう。

「カケル、紹介《しょうかい》する」

私は、緊張《きんちょう》した顔で立っている青年を見下ろす。

「彼は私の本家――モンテカール大公爵《こうしゃく》 宮殿《きゅうでん》の執事、ジャン＝ポール。第一フットマンのエミル、第二フットマンのエリック。そして彼がシェフのブリエだ」

駆は「宮殿……」と驚いた顔で呟《つぶや》き、それから慌《あわ》てて言う。

「よろしくお願いします。オレ、カメラマンの須藤駆といいます。ええと……なんでこんな格好をしているかというと……」

彼は、自分の身体を見下ろして、

「撮影《さつえい》に熱中して、海に落ちて……プリンス・マクシミリアンに助けてもらったからです」

その言葉に、ジャン＝ポールはとても驚いた顔をする。

「お二人ともお身体は大丈夫《だいじょうぶ》ですか？　どこかお怪我《けが》は？」

私は、大丈夫、という意味でうなずいてみせる。駆も、

「大丈夫です。服がちょっと濡れたくらいで……」

言って、甲板《かんぱん》のベンチの上に広げてある、綿シャツとジーンズを示す。

「すぐに屋敷《やしき》に持ち帰り、洗ってアイロンをかけましょう。朝食を召《め》し上がっている間にできあがります。プリンス・マクシミリアンもお召し物が汚《よご》れたのでは？」

まるで教育係のようなつけつけとした口調でいう。

「ああ……私の濡れた服はバスルームにある」

「それではそれもクリーニングに回しましょう」

ジャン＝ポールはクルーザーの下に控《ひか》えていた使用人の一人に合図をし、小声で指示を与《あた》える。彼は身軽にクルーザーに乗り込んできて駆の服を抱《かか》え、さらに船室の中に入っていく。

「彼は私の大切な客人だ」

私が言うと、彼らは緊張したように姿勢を正す。

「失礼のないように」

「イエス、マイ・グレイス」

四人は声を揃《そろ》えて言い、きっちりと頭を下げた。

その後、シェフはキッチンに入って下ごしらえに入り、フットマン達の手によって後部甲板にテラステーブルが置かれた。執事が純白のテーブルクロスをそこにかけ、籠から出したクリ

スタルのグラスや銀のカトラリーをてきぱきとセットした。

下ごしらえが終わったシェフはキッチンから出てきて、テーブルクロスの上に焼き立ての数種類のパンが入った籠を置き、ジャムやバターを並べた。そしてテーブルの脇《わき》に小さなテーブルと二口の簡易コンロを出し、小型のフライパン二つを使ってオムレツを焼き始める。

代々クリステンセン大公爵家に仕える血筋の人間であり、現在は私の屋敷のチーフシェフをしているブリエは、とても無邪気《むじゃき》な彼の様子に目を細めている。

「うわ……ちゃんとした食事をするのなんて、何日ぶりだろう……？」

駆と名乗ったその青年は、シェフの手元を見ながら涎《よだれ》を垂らさんばかりの顔をする。

「……しかも、めちゃくちゃ美味《おい》しそうだ……！」

「もうすぐオムレツが焼きあがります。ちょうどペリグー産の良いトリュフが手に入ったところですので、『オムレット・ソースペリグー　季節の野菜添《ぞ》え』にしてみました」

ブリエは言いながら小型のフライパンの一つを持ち上げ、黄金色に焼きあがったオムレツを生野菜の飾《かざ》られた皿の上に移す。続いてもう一つのフライパンのオムレツも皿に移す。そしてオムレツの上に、トリュフとフォン・ド・ヴォーで作ったソース・ペリグーを細く垂らし、さらにスライサーを使ってトリュフの薄切《うすぎ》りを作って飾る。

「それ……全部トリュフ？」

駆はとても驚いたように目を丸くして、

「トリュフって、粉みたいに小さいのがパスタに振《ふ》りかけてあるのしか食べたことがなかった。香《かお》りも味も解《わか》らなかったし。それを、そんなふうに薄切りにするなんて……！」

「夏のトリュフは、この爽《さわ》やかな香りが命でございますから。せっかくですからたっぷりとお楽しみください」

言って、駆と私の前に置かれた銀のプレートの上にオムレツの皿を置く。

「うわあ、なんだかいい香り……！」

駆はうっとりと目を閉じて香りを吸い込む。それから私の顔をチラリと見る。

「こんな高そうな朝食、本当に食べていいの？　オレ、お金ないよ？」

その言葉に、シェフが目を丸くし、執事がチラリを眉《まゆ》をつり上げ、フットマン達が必死で笑いをこらえているかのように口元を引きつらせる。私がチラリと睨《にら》むと、一瞬《いっしゅん》でいつもの無表情に戻《もど》るが。私はゆっくりと駆に視線を戻し、

「私を誰《だれ》だと思っている？　この国の次期元首だ。旅行者から朝食代を取るようなマネをするわけがないだろう？」

私が言うと駆は少しバツの悪そうな顔になる。

「そ、そうか。オレ、師匠《ししょう》と一緒《いっしょ》に辺境の国に行くことが多かったから、ちょっと心がすさんでるのかも？」

駆は目元を微《かす》かに染めながら、

「そうだよね、人を疑っていけないことだよね。……前に行った国では、ちょっと気を許すとボラれそうになったり、男にヤラれそうになったり、銃《じゅう》を突《つ》きつけられて誘拐《ゆうかい》されそうになったりしたけど、そんなこと、そうそうあることじゃないよな。もっと人を信じなくちゃ」

とんでもないことをサラリと言い、両の手のひらをつけてアジアの祈りのポーズに似た格好をする。

「それじゃあ遠慮《えんりょ》なく……いただきます！」

言ってペこりとお辞儀《じぎ》をし、カトラリーを手に取る。ナイフでオムレツを切り、中からトロリと溢《あふ》れた半熟の卵に嬉《うれ》しそうに歓声《かんせい》を上げている。それからオムレツやパンを食べては、その都度美味しい、を連発している。

職人肌《しょくにんはだ》のシェフはとても嬉しそうに微笑み、フットマン達は面白《おもしろ》そうに彼を眺《なが》め、堅物《かたぶつ》の執事はチラリと眉を上げている。

……ついさっき、私に言いくるめられて脱《ぬ》がされ、いいようにイカされてしまったばかりなのに、もう私を信用してしまうのか？

……底抜《そこぬ》けに無邪気なのか、それともマヌケなのか……。

「ああ……コホン」

私は咳払《せきばら》いをして、

「完全に人を信じるのではなく、相手を見て、危険だと思ったら警戒《けいかい》をした方がいい」

「へっ？」

彼はきょとんとした顔で視線を上げる。そのまま私をじっくりと見つめる。

……あなたに借りを作りたくない、と言って逃《に》げてしまうだろうか？　それはそれで少し残念だが……。

彼は私をかなり長い間眺めた後、ふいに頬《ほお》を染め、ボソリと呟く。

「まあ……ともかくあなたのことは信じるよ」

彼の小さな声に、なぜかドキリとする。

……私はどうしたというんだ？

「……というわけで！　このパン、本当に美味しい！　これってバジルが入ってるの？　こっちのクロワッサンもサクサク！」

はしゃいだ声で言いながら食事を続けるのを見て、私は複雑な気分になる。呆《あき》れと、信用すると言われたことに対する少しの嬉しさと、しかしとても心に引っかかる……。

「私の身元は、文句のつけようがないほど確かだ。だが……君はほかの人間もそんな風に簡単に信用するのか？　そのせいで危険な目に遭《あ》って来たのではないのか？」

彼はきょとんとした顔で私を見つめ、それから、

「ああ……それはそうかも」

少し照れたような顔で鼻の頭をポリポリと掻《か》く。

「食事を奢《おご》ってやるって言われて財布《さいふ》を取られそうになったり、宿がないなら泊《と》めてやるって言われて行ったら襲《おそ》われそうになったり、『友人が発作《ほっさ》を起こしてるから手を貸して』って言われてそのまま車で拉致《らち》されそうになったり……」

私はその言葉を呆然《ぼうぜん》と聞く。それから、

「今までそれをどうやって切り抜《ぬ》けてきたんだ？」

「あ、今までは師匠がいたから。師匠っていってもまだ四十代で、趣味《しゅみ》で格闘《かくとう》やってて、熊《くま》みたいな無精《ぶしょう》ひげの強面《こわもて》だったんだ。彼が悪いやつを追い払《はら》ってくれた。あ、でも怖《こわ》い人じゃなくて優《やさ》しいところもあったし、ひげを剃《そ》るとけっこう美形だったんだよ」

彼の楽しそうな口調に、私は眉根《まゆね》を寄せる。

「今回は、その男は一緒ではないのか？」

「あ、一年前に死んじゃったから」

彼はごくあっさりとした口調で言い、千切ったクロワッサンにマーマレードを塗《ぬ》る。

「だから今回は一人なんだ」

ごく普通《ふつう》の様子だが、さっきまで煌《きら》めいていた彼の目はどこか虚《うつ》ろに見える。口元には笑《え》みが張り付いたままだが、その表情は何か無理をしているように見える。

「……何を強がっているんだ？」

思わず言ってしまうと、彼はハッとしたように顔を上げる。

「本当は寂《さび》しいんだろう？」

彼は光のない、どこか虚ろな目のままで私を見つめる。それから、

「いや、そういうのはないよ。オレ達はそういうベタベタした関係じゃなかったし。ただの師匠と弟子《でし》だったし」

フッと笑って目をそらす。

「もちろんあんな才能のある人が残念だなあとは思うけど……でも、オレは……」

彼は言葉を切り、海に目をやる。それから胸が痛くなるほど寂しそうに笑う。

「オレは寂しくない。もしかして薄情《はくじょう》なのかもしれないけど、なぜだかそういう感情が湧《わ》いてこないんだ。ただ、この間までいつでも一緒だったのに、どうしていないんだろうって、ふとした拍子《ひょうし》に不思議になるだけで」

彼の遠くを見つめる目、そして平静な口調。それは私の胸をなぜか激しく痛ませる。

……どうしたんだろう……？

私は少し動揺《どうよう》しながら思う。

……なぜかこの青年のことが気になって仕方がない……。

「食事が済んだらどうするつもりだ？」

「もちろんモンテカール公国のいろいろなところで写真を撮《と》る。ついでにモンテカール・グランプリを観戦できる穴場を見つけなくちゃ」

写真の話をする彼の目に、微かに光が戻ってくる。

「オレ、貯金をはたいてここに来たんだ。いい写真を撮らないと元が取れない。っていうか日本に帰ってから暮らしていけない。頑張《がんば》らなきゃ」

楽しげな口調に戻って言い、オムレツをまた食べ始める。

「美味《おい》しかった！　ご馳走様《ちそうさま》でした！」

彼は若者らしい旺盛《おうせい》な食欲《しょくよく》で朝食を平らげ、皿を片付けるフットマン達に言う。煌めくような笑顔を向けられた彼らは、微かに目元を染めている。皿を持った彼らがキッチンの方に消えるのと入れ違《ちが》いに、シェフが氷の器《うつわ》に並べられた新鮮《しんせん》なフルーツを運んでくる。駆は目を輝《かがや》かせて、

「うわあ、本当に豪華《ごうか》。オレ、フルーツ大好きなんだ。日本じゃ高くて食べられないんだけど、モンテカールは気候がよくてフルーツが美味しいってガイドブックに書いてあったから楽しみにしてた。こんなにすぐ食べられるなんて」

彼は、皿にフルーツを取り分けているシェフに向かって嬉しそうに言う。シェフは楽しそうな顔になって、

「モンテカール公国は果物《くだもの》が豊富です。この季節ですと、野いちご、洋ナシ、ブルーベリー、オレンジ、リンゴ、マスカットなどが美味しゅうございますよ」

言いながら切ったフルーツをたっぷりと皿に盛り付け、バニラビーンズのたっぷりと入った

カスタードソースを添《そ》えている。

「うわあ。すごい。こんな贅沢《ぜいたく》していいのかな？　いただきます」

彼は銀のフォークで分厚く切られた洋ナシのスライスを刺して口に運ぶ。

「んー、美味しい！」

彼の様子に、シェフだけでなく、皿を置いて戻ってきたフットマン達も見とれている。いつも堅苦《かたくる》しい執事《しつじ》までが、口元にかすかな笑みを浮《う》かべ……私の視線に気づいたように顔を引き締《し》めている。

……不思議な子だ。

私は彼を眺めながら思う。

……会ったばかりなのに、なぜか人の心をどうしようもなく揺《ゆ》らす。

彼はフルーツを平らげ、執事が淹《い》れた食後のコーヒーを飲んでいる。

「……に行きたいんだけど、ここからだと、どっちが近いかな？」

駆がコーヒーを注《つ》ぎ足した執事に話しかけているのを聞いて、私はドキリとする。執事は、

「熱帯公園とグラン・カジノは、この湾《わん》を挟《はさ》んで反対側になります。距離《きょり》で言えば二キロくらい、グラン・カジノのほうが近いです。まずはそちらに行って撮影《さつえい》をなさってから、グラン・カジノ前のバス停から無料バスにお乗りになると……」

「私が案内する」

私が言うと、執事と駆が驚《おどろ》いたように顔を上げる。執事は、外国の人に深入りしてはいけません、とでも言いたげに眉《まゆ》を寄せる。駆は驚いたように、

「いいよ、別に。あなた王子様だろ？　忙《いそが》しいだろうし」

あっさりと断られてしまう。その言葉で思い出したように、ジャン＝ポールが腕《うで》時計を覗《のぞ》き込んで、

「プリンス・マクシミリアン。あと二十五分ほどで秘書のコンスタンタン氏が迎《むか》えに来ます。そろそろ準備をなさった方が……」

私は最後まで聞かずにテーブルの上に置いてあった携帯電話《けいたいでんわ》を取り上げ、短縮ナンバーを押す。呼び出し音が一回鳴るか鳴らないかの間に、相手が電話に出る。

『コンスタンタンです。どうなさいました、プリンス？』

聞きなれた冷静な声。私は、

「急用ができた。今日の取材と謁見《えっけん》の予定をすべてキャンセルして欲しい。ああ……リムジンは必要だ。あと二十五分で迎えに来るように伝えてくれ。また連絡《れんらく》する」

言って相手の返事を聞かずに電話を切る。それから駆の顔を見て、

「外観だけでなく内部の写真も撮りたいだろう？　私がついていれば観光客が入れない場所まで入ることができる」

言うと、駆は本気で驚いたように目を見開いて、

「それはすごく嬉《うれ》しいけど……でも悪いよ。執務《しつむ》とかあったんじゃ……？」

「私が案内すると決めた。この国の王子である私が、だ」

駆は驚いた顔で私を見つめ、それから呆れたような顔でジャン＝ポールに目を移す。

「オレ、王子様に会うのは初めてなんだけど……みんなこんなふうなの？」

ジャン＝ポールは困った顔をしてみせる。

「すべての国でではないと思いますが……少なくとも私の国の王子様はそのようですね」

駆は小さく噴《ふ》き出し、それから私に目を移す。

「わかりました、王子様。よかったら案内していただけますか？」

楽しそうに言って、微笑《ほほえ》みながら私を見つめる。漆黒《しっこく》の瞳《ひとみ》が朝の光にキラキラと輝き、その笑みはまるで煌めくようで……私は思わず動きを止める。

……ああ……なぜ私は同じ男である彼にこんな風に見とれているのだろう？

なぜだか解《わか》らないが……私の鼓動《こどう》が速くなる。

……だが……彼はとても美しい。

須藤 駆

……うわあ、やっぱり本物の王子様なんだ……。

彼にエスコートされて栈橋《さんばし》を歩きながら、オレは改めて思う。

栈橋の向こうに停《と》まっているのは、磨《みが》き上げられた漆黒のリムジン。その前後を護衛車らしき黒のセダンが停車している。タキシードに似たお仕着せを着た運転手が、リムジンのドアの前に立っている。

……なんかすっごく物々しい。しかも……。

どこからか現れたのは、厳《いか》つい顔にサングラスをかけ、鍛《きた》え上げられた身体《からだ》をした数人の男達。栈橋を歩くオレ達をいつの間にか取り囲んでいる。あたたかな気候に合わせて黒のポロシャツと白のパンツで揃《そろ》えているけれど、身のこなしからして一般人《いっぱん》じゃない。

さっきオレが話をして荷物を預けた大柄《おおがら》の男が、オレに近づいてくる。

「先ほどお預かりしたトランクとカメラバッグは、リムジンのトランクにお入れしました」

恭《うやうや》しく言われて……オレはなんだか申し訳なくなる。

「あの小屋に待機してたのって、王子様のＳＰの人達だったんですね。オレ、勝手に桟橋の警備員か管理人さんかと思って……余計な仕事を増やしてすみません」

オレが言うと、彼は口の端《はし》でチラリと微笑んでくれる。それからほかのメンバーと揃いのサングラスをかけ、完全な無表情に戻《もど》る。

「彼らは私のＳＰだ。私が行く場所にはたいてい同行するが、気にしなくていい」

……と言われても……。

彼らは岸から現れたわけじゃなく、ほかのクルーザーから降りてきた。ってことは？

「もしかして……この桟橋にあるクルーザー、全部あなたの？」

マリーナにはたくさんの桟橋があるけれど……オレ達が歩いている桟橋に停泊《ていはく》しているのはデザインのよく似た、純白のクルーザーばかり。大きさはまちまちだけど……よく見るとどこかしらに向かい合う金色の獅子《しし》のマークが描《えが》かれている。

……モンテカール公国の紋章《もんしょう》だ……。

「そうだ。私がクルーザーに宿泊《しゅくはく》する時には、彼らもほかのクルーザーに待機する。ああ……彼らは徹夜《てつや》だし、交代制なのでベッドを使ったりはしない。泊《と》まりたければ別のクルーザーに泊まることもできる」

「そ……そうなんだ……」

オレは取り囲んできた彼らを見回しながら、

「……じゃあ、オレが怪《あや》しそうな風体《ふうてい》だったら今朝も止められてた？」

「ああ。私の指示で桟橋には入れたが、クルーザーに乗った時に少しでも怪しいそぶりを見せていたらすぐさま彼らが飛び込んできて銃《じゅう》を突《つ》きつけられただろう」

平然と言われて、オレは思わず青ざめる。師匠《ししょう》にくっついて行った国で、銃は見ないでもなかったし、突きつけられたこともある。だけど銃口の冷たい感触《かんしょく》と、喉元《のどもと》まで内臓が持ち上がってきそうな圧倒的《あっとうてき》な恐怖《きょうふ》は……未《いま》だに忘れられない。

……そういう事態は、できれば避《さ》けたいぞ……。

桟橋を渡《わた》りきったところで、運転手がリムジンのドアを外側から開いた。

「おはようございます」

白髪《しらが》の運転手がにっこり笑って愛想《あいそ》よく言う。マクシミリアンが、

「彼はショウファーのアルバンだ。……アルバン、こちらはカケル。私の新しい友人だ」

言うと、彼は丁寧《ていねい》にオレに礼をして、

「よろしくお願いいたします、カケル様」

「あ、よろしく、アルバン」

オレは戸惑《とまど》いながら挨拶《あいさつ》をし、マクシミリアンにうながされて車内に入り、座り心地《ごこち》のいいシートに腰掛《こしか》ける。そして車内を見回してしまいながら思わず言う。

「オレ……リムジンなんて初めて乗った。一度乗ってみたかったんだ」

隣《となり》に滑《すべ》り込んで来た彼が、不思議そうな顔で車内を見る。

「それなら私も同じだ。私は公用車であるリムジン以外の車に乗ったことがない。リムジン以外の車に興味がある。国民がよく乗っているような小型の車に一度乗ってみたい」

「へえ～、そうなんだ？　へえ～」

オレは適当な相槌《あいづち》を打ちながら、鼻白む。

……見た目は格好いいけど、どっかずれてる。やっぱり彼が本物の王子様だからか？

外側からドアが閉められ、運転席にアルバンが乗り込んでくる。前にいるセダンがゆっくりと走りだし、それと速度をあわせるようにしてリムジンが発車する。

リムジンっていうとハリウッド映画とかに出てきそうな成金っぽい金ピカなイメージがあったんだけど……彼のリムジンは落ち着いた感じですごく趣味《しゅみ》がよかった。

ベージュの革《かわ》が張られたシートと内装。金属部分は艶消《つやけ》しのゴールド。木の部分は美しい木目が浮《う》かび上がって艶々してる。イメージとしては、お金持ちの書斎《しょさい》みたいな感じだ。

……こんなすごいリムジンに乗って、あんなすごいクルーザーをたくさん持ってて。本当に、世界にはいろいろな人がいるんだなあ。

……下町のボロいアパートに住んでるオレとは、本当に世界が違《ちが》う。

「君が荷物を預けようとしたＳＰが電話をしたのは、私の携帯電話だ」

彼がふいに言い、オレは驚《おどろ》いてしまう。

『私が声をかけるので邪魔《じゃま》をするな』と言って、彼らが突入《とつにゅう》してくるのを止めた。まさか、声をかけた途端《とたん》に海に落ちてしまうとは思わなかったが」

「……う……っ」

オレはあの時のことを思い出して、カアッと赤くなる。

……さすがにシャワーを浴びているところまでは覗《のぞ》かれていないだろうけど……オレは素《す》っ裸《ぱだか》でバスルームから飛び出したりしていた。さらに彼はバスローブだったし……二人でシャワーを浴びてたのがバレバレだ。

オレは運転席との仕切りが閉じられていることを確かめ、だけど声が漏《も》れたらヤバいので声をひそめて言う。

「まさか……オレとあなたが船内で何をしてたかも見られてた？　安全のために防犯カメラとかで撮《と》られてたとか？」

「そんなに声を小さくしなくていい。あれは防音性のある仕切り窓だ。閉まっている時には叫《さけ》んだとしても運転席には会話は一切《いっさい》聞こえない。さらに彼はバックミラーでこちらを覗いたりはしない」

「本当に？」

その言葉に、オレはホッと息をつく。彼は、

「私のクルーザーは、すべて偏光《へんこう》ガラスで外から見えないようになっている。防犯カメラはな

いでもないが、私が『邪魔をするな』と言った場合はカメラはすべて切られ、録画されない。『殺されたら殺されたでそれは私が悪い、何の責任も持たなくていい』……そう言ってある」

その言葉に、オレは心底ホッとする。

「……そうか。見られてないんだ。よかった……」

彼らはプロフェッショナルらしく完全な無表情だったけど……やっぱり裸《はだか》でいるところとか見られてたとしたら、気まずいし。

……いや、ホッとしてる場合じゃないだろ！

オレは慌《あわ》てて自分に突っ込みを入れる。そして、さらに頬《ほお》が熱くなるのを感じる。チラリと見ると、彼はオレを見ていたみたいで目がしっかり合ってしまう。

「どうした？　頬が赤いが」

いきなり言われて、オレは、

「赤くもなるよ！　だって……混乱してたとはいえ、男とアンナコトをしちゃったのは事実だし……！」

「ふうん」

彼は背もたれに肘《ひじ》をかけ、オレの顔をじっくりと見つめてくる。

「さっきのことを思い出して、赤くなっているのか」

「……う……っ」

間近に見る彼は、やっぱり見とれるほど美しい男だ。貴族的な美貌《びぼう》はどこか冷たそう。まさか彼が、アンナコトをするなんて……。

「さらに赤くなったな。そんなに恥《は》ずかしかったのか？」

彼の口調がからかっているようだったら、ブン殴《なぐ》っているところだった。でも彼の声はやけに無感情で……。

……ああ、本物の王子様って、やっぱり変わってる……！

「それは恥ずかしいよ。だって男の手で、あんな……」

彼の手が、ふいにオレの顎《あご》を持ち上げる。

「私はこの国の第一王子であり、生まれた瞬間《しゅんかん》から帝王《ていおう》学を叩《たた》き込まれてきた人間だ」

こんな時なのに、オレはついつい彼の琥珀《こはく》色《いろ》の瞳《ひとみ》に見とれてしまう。

「今では経済政策も成功し、富豪《ふごう》の集《つど》う豊かな観光地になったが……モンテカール公国は、もともと周辺諸国との戦いを経て独立した国だ。熾烈《しれつ》な戦火の最前線に立ってきたモンテカール大公爵《こうしゃく》家には、その時の教えが今でも残っている」

彼の指が、オレの顎のラインをそっと辿《たど》る。こんなに見つめられてなんだか怖《こわ》いのに……オレは魅《み》せられたように身動きをすることができない。

「それって……？」

オレの唇《くちびる》からかすれた声が漏れる。彼はオレを真っ直《す》ぐに見つめたままで囁《ささや》く。

「欲しければ奪《うば》え」

彼の端麗《たんれい》な顔がふいに近づいて、オレは反射的に目を閉じる。そして……。

「……ん……っ」

唇にあたたかなものが触《ふ》れてきて、オレの鼓動《こどう》が跳《は》ね上がる。

……嘘《うそ》、だろう？　まさか……。

柔《やわ》らかい唇が何度も重なり、オレの唇をあたたかな舌がそっと舐《な》め上げる。

……この、めちゃくちゃハンサムだけど、ちょっとずれてる王子様に……。

唇から広がる不思議な快感にオレの身体《からだ》が細かく震《ふる》えてしまう。

……オレ、キスされてるのか……？

呆然《ぼうぜん》としているオレの顎の下を、彼の指が軽く撫《な》でる。

「……んく……っ」

くすぐったさに、食いしばっていた顎から力が抜《ぬ》け……その瞬間、上下の歯列の間から熱い舌が滑り込んでくる。

……嘘……だろ……っ？

本当は抵抗《ていこう》するべきなんだろうけど、オレは身動き一つできないまま、彼の舌を呆然と受け入れてしまう。

……しかもこれって、ディープキス……？

クチュ、という淫《みだ》らな音を立てて彼の舌がオレの舌をすくい上げる。愛撫《あいぶ》するように舌を絡《から》められ、くすぐるように上顎を舐められて……オレの心臓は今にも壊《こわ》れてしまいそう。

……嘘だろ？　オレ、キスだって初めてなのに……！

「……んくっ！」

オレは必死で手を上げ、彼の逞《たくま》しい胸に手のひらをつく。押しのけようとするけれど……なぜかまったく力が入らない。

……ああ、どうして……？

舌先をチュッと吸われて、全身に痺《しび》れが走る。それは、性器を愛撫された時と変わらないくらいのすごい快感で……。

……なんでオレ、キスで感じちゃってるの……？

「抵抗しないんだな。どうしてだ？」

唇を触れさせたまま、彼が囁いてくる。くすぐったさに身体が震え、オレの指が勝手に彼の上着の布をキュッと握《にぎ》り締めてしまう。

「べ……別に理由とかは……んんっ」

彼の唇が重なってくる。オレは陶然《とうぜん》とまた受けてしまい……それから今度こそ彼の胸を押しのける。

「それより、あなたこそどうしてオレにキスなんかするんだよ？」

彼はオレを見つめ、それからチラリと肩《かた》をすくめる。

「よくわからないな。だが……」

彼の琥珀色の瞳がキラリと煌《きら》めいた。

「欲しいと思った。だから奪った。それだけだ」

……うわあ、なんて人と知り合っちゃったんだろう?

◆

「すごいな～。まるで宮殿《きゅうでん》みたいな建築」

オレはシャッターを切りながら、思わずため息をつく。

「すごくいい写真が撮れそう」

彼が連れて来てくれたのは、モンテカール海洋博物館だった。水族館も併設《へいせつ》されている建物で、モンテカールの観光ポイントとして有名な場所だ。世界の博物館の中には凝《こ》った建築も多いけれど……ここはその中でも五本の指に入りそうなほど壮麗《そうれい》な建物だ。

「本当は、海側から見るほうが素晴《すば》らしい。後で館長にボートを出させよう」

彼は平然と言い、先に立ってエントランス前の階段を上る。モンテカール・グランプリが近いせいか、リムジンの窓から見た市街は観光客でいっぱいだった。だからここもごったがえしているだろうと思ったんだけど……。

「すごく静か。……あ、まだ九時半だ。もしかして開館前とか？　入れるの？」

オレは階段を上りながら、時計を覗《のぞ》き込む。彼はうなずいて、

「館長に言って開けさせる。さらに三十分では見切れないので、本当なら十時開館だが今朝は十時半からということにさせた」

あっさり言われた言葉にオレは驚《おどろ》いてしまう。

「そういえばさっき携帯《けいたい》で誰《だれ》かと電話してたけど……それって大丈夫《だいじょうぶ》なの？」

「今の君はこの国の王子の客人。国賓級《こくひん》の扱《あつか》いをされてもおかしくない。三十分だけ開館を遅《おく》らせて貸し切りにするくらい、当然許される」

「うわ、また強引《ごういん》な……」

オレは、また呆《あき》れてしまう。

……だけど、いかにも王子様然とした凜々《りり》しい様子でそんなことを言われると……なんだか反論できないっていうか……。

「さっさと来い。時間があまりないぞ」

階段の上から見下ろされ、オレは慌てて階段を駆《か》け上る。オレ達の後に、ＳＰ達が影《かげ》のようにそっと従ってくる。

……プロフェッショナルな彼らは、足音とか立てないんだな。身体が大きいから圧迫感《あっぱくかん》があ

りそうなのに、あまり気にならないのはそういうことだろうか？

オレは思い……いや、と思い直す。

……オレはほんの少しだからいいけれど、物心ついた時から彼らに囲まれていたらやっぱりうざったくなるかも？

オレは階段の上まで上り……そして博物館の入り口にある両開きのドアに目を奪われる。

「うわ、可愛《かわい》い」

曇《くも》りガラスを金属製の枠《わく》で支えたそのドアにはクラゲの装飾《そうしょく》がついていて、それがとても微笑《ほほえ》ましかった。オレが思わず見とれた時、そのドアがいきなり内側から開けられた。

「おお、プリンス・マクシミリアン。ちょうどいいタイミングでしたな」

出てきたのは、ツイードのスーツを着て臙脂《えんじ》の蝶《ちょう》ネクタイを締《し》めた男性だった。身長はオレよりも小さくて、モワモワに膨《ふく》らんだ白髪《しらが》、皺《しわ》だらけの温和そうな顔。なんだか童話にでも出てきそうなおじいさんだ。

「ヤンセン館長、彼がお話ししたカメラマン、カケル・スドウ。私の客人です」

マクシミリアンが意外にも丁寧《ていねい》な口調で言う。彼は優《やさ》しそうににっこり笑って、

「エルモ・ヤンセンといいます。よろしく」

「えっ？」

……エルモ・ヤンセン？

……この、どっか可愛い響《ひび》きの名前、聞き覚えがあるような……？

オレは少し考え……それからやっと思い出す。

「……もしかして、フィンランド出身の、有名な海洋学者の……？」

オレが言うと、彼はさらに嬉《うれ》しそうに笑って、

「おお、私の名前を知ってくれているとは。とても光栄だよ。私はもう、すっかり隠居《いんきょ》したようなものだからね」

オレは、師匠《ししょう》の家で見せられた海洋生物に関する論文や、彼が監修《かんしゅう》をした美しい海の写真集を思い出す。

「あなたが書いた論文、読ませていただきました。あと、写真集も見たことがあります。世界で初めて南極の海に棲《す》む海洋生物を追ったっていう……『南氷洋の神秘』？」

「ほお。本当に勉強熱心な青年だな。さすが、プリンス・マクシミリアンが客人としてお迎《むか》えするだけのことはある」

彼の言葉にオレはちょっとだけ後ろめたくなる。勉強熱心だったのは師匠の方で、オレは論文はパラ読み、写真に写されたアザラシやイッカクに夢中だったんだから。

……そういえば、師匠がよく言ってた。

オレはふいに思い出す。

……『ちゃんとした知識を学び、それに感動しながら写した写真と、ただシャッターを切っ

ただけの写真では、全然違《ちが》うんだ』って。

オレの心がチクリと罪悪感に痛む。

……オレはずっと『そんなの面倒《めんどう》くさい』って師匠に反抗《はんこう》してた。だからたいした勉強もせずに、ただ見た目の綺麗《きれい》な画《え》だけを追求してシャッターを切り続けていた気がする。

「さあ、どうぞ」

彼が言って両開きのドアを大きく開く。オレは彼に続いて中に入り……そして予想以上に広々とした空間が広がっていたことに驚いてしまう。

「うわ、すごい……！」

入ったところはエントランスホールになっていて、海洋生物達を象《かたど》ったモザイクが床《ゆか》を覆《おお》いつくしている。高い天井《てんじょう》はガラス張りになっていて、そこからの光がモザイクをキラキラと煌めかせている。

「ここは、プリンス・マクシミリアンの曾祖父《そうそふ》様に当たるマクシミリアン十五世が建てた博物館です。彼自身も海洋学者でしたし、さらに私の前任者は、あの有名な海洋学者のコクトー博士です」

聞いたことのある名前がまた出てきて、オレは改めて驚く。

「あの人の出ていた海洋番組、オレの師匠が全部録画してました。写真集も論文も揃《そろ》っていたし……さすがに興味深い資料が多いのもうなずけます」

……うわあ、撮《と》りたい！　でも、博物館の中には展示物の劣化《れっか》を防ぐためなどの意図で撮影《さつえい》禁止の場所も多いし……。

「あの……この部屋の写真って、撮っても大丈夫《だいじょうぶ》ですか？」

オレが恐《おそ》る恐る言うと、彼は可笑《おか》しそうに笑って、

「あなたはカメラマンでしょう？　どうぞ」

言われて、オレは話を通しておいてくれたマクシミリアンに心の中で感謝する。

……なんだか、すごくドキドキする……！

博物館はとても凝った建築だった。美しい金属製の枠を持つ窓がズラリと並んで、中はとても明るい。マクシミリアンの曾《ひい》お祖父《じい》さんを始めとする海洋学者達が集めた貴重な海洋生物の資料や、さまざまな骨格標本、さらには南極の氷までが展示されている。オレは館長の許可を取り、展示品を傷《いた》めたりしないようにフラッシュをたかずに写真を撮り続けた。今まで、人でごった返す週末の博物館にしか行ったことがなかったけれど……誰もいない博物館というのはとても神秘的だった。森閑《しんかん》とした広い空間では、飾《かざ》られたイッカクや巨大《きょだい》なシロナガスクジラの骨格標本が今にも元気に泳ぎだしそうだ。

オレは子供に戻《もど》ったかのように鼓動《こどう》を速くしながら、それらを思い切り写真に収めた。

それから館長に連れられて、オレとマクシミリアンは地下に下りた。そこはかなり設備の調《ととの》った水族館になっていて、地下とは思えないほどの巨大な水槽《すいそう》が並んでいた。珊瑚《さんご》が飼育され、

熱帯魚が泳ぐ水槽、モンテカール公国が面している地中海を模した水槽、さらに巨大な鮫《さめ》が泳ぎまわる水槽まで。そこでは美しいさまざまな海の生物を見ることができた。オレはガラスにぴったり張り付いてシャッターを切り続け、熱帯魚の可愛い表情や、迫力《はくりょく》ある鮫の泳ぎを撮った。こんなこと、ほかのお客さんがいたら絶対にできないだろう。

夢中になって撮影していたオレは、誰かの電話が振動《しんどう》する音でハッと我に返る。鳴っていたのは館長が持っている館内携帯電話《けいたいでんわ》だったみたいだ。彼は電話の通話スイッチを押して一言二言話し、それからオレ達の方に向き直る。

「さて、残念ですがもうそろそろ開館時間になります。ほかのお客様がいらっしゃいますよ」

慌《あわ》てて時計に目をやると、約束の一時間にちょうどなるところだった。

「ああ……熱中しちゃいました。ギリギリまですみませんでした」

「モンテカール・グランプリ直前の観光客の多い時期ですので、かなりごったがえします。それでもよろしければ撮影を続けていただいても構いませんが」

「いや……邪魔《じゃま》になると思うので、このへんにしておきます。かなりたくさんの貴重な写真が撮れました」

オレは館長に向かって頭を下げる。

「どうもありがとうございました」

「そういえば……」

ヤンセン館長は、ふと思い出したようにオレを見上げてくる。

「あなたの話には、師匠と呼ばれる方がよく出てきましたね。どうやらとても知識の深い方のようだ。ぜひ、次はその方もご一緒《いっしょ》にいらしてください」

聞かれて、オレはドキリとする。彼は微笑んで、

「いえ、お話ができたら楽しいだろうなと思ったので」

その言葉に、オレは一瞬《いっしゅん》だけ言葉を失う。師匠の死に関することを考えるといつもそうだ。マクシミリアンに話したとおり、彼の死を思っても、寂《さび》しいなんて感情は一切《いっさい》湧《わ》いてこない。その代わりに感じるのは、一瞬だけよぎる不思議な感情。それはまるで小さな氷の破片《はへん》を間違《まちが》って飲み込んでしまったかのような、冷たくて、息苦しい……。

「師匠は、一年前に亡《な》くなりました」

オレの唇《くちびる》から不思議なほど平然とした声が漏《も》れる。驚《おどろ》いた顔をする館長に、

「彼は生前、次の撮影にはどこに行こう、その次はどこ、と計画を立てていました。だからオレは、彼が行きたいと言っていた場所を一つ一つ訪ねてその風景を撮影しているところなんです。もちろん、オレなんかに彼みたいな写真が撮れるわけがないんですけど」

ヤンセン館長が呆然《ぼうぜん》とした顔でオレを見つめる。オレは、

「あ、すみません。なんだか辛気《しんき》臭《くさ》い話になっちゃったかも」

「彼との思い出を大切にするために、その遺志を継《つ》いで写真を……ということか。君はますま

す立派な若者で……」

「いえ、そんな立派なものじゃなくて、オレが勝手にやってることなんです。考えてみたら、天国にいる師匠に知られたら『俺の考えた撮影計画をパクりやがって』って叱《しか》られそうです」

オレは言い……それからあることを思い出して、胸がまたきつく痛むのを感じる。

……もしも師匠が生きていたとしたら、オレは彼と一緒にここに来られたんだろうか？

……それとも、あのまま、弟子《でし》をやめることになっていたんだろうか？

マクシミリアン・クリステンセン

「おはようございます、プリンス・マクシミリアン」

リムジンから降りた私達を、銀縁眼鏡《ぎんぶちめがね》をかけた背の高い男が迎えた。ぴしりと着こなしたチャコールグレイのピンストライプのスーツ、ブルーのワイシャツに紺色《こんいろ》のネクタイ。小さく整った顔、茶色の髪《かみ》と茶色の瞳《ひとみ》。見た目はとても美しいが、とても厳しい私の秘書だ。

「カケル。彼はフランシス・コンスタンタン。私の秘書を務めてくれている」

私が言うと、コンスタンタンはどこか戸惑《とまど》ったような顔で駆を見下ろし、

「よろしくお願いいたします」

言ってから、彼は誰《だれ》なんだ、という顔でチラリと私を見る。

「彼はカケル・スドウ。今朝、知り合った。日本から来たカメラマンだ」

「はっ？」

コンスタンタンがとても驚いた顔をする。どこかの出版社が雇《やと》ったパパラッチでは？　という顔をされて、私は肩《かた》をすくめてみせる。

「カケル・スドウです。まだ駆《か》け出しのカメラマンです」

「彼は、それが私のクルーザーとは知らず、海を撮りたくて乗り込んできた。だが、私が不用意に声をかけたばかりに海に落ちてしまった」

「えっ？」

コンスタンタンはさらに驚いた顔になり、駆の身体《からだ》を上から下までチェックする。

「大丈夫ですか？　どこかお怪我《けが》は？」

心配そうに言われて、駆はかぶりを振《ふ》る。

「いや……大丈夫です。プリンス・マクシミリアンが助けてくれたから」

「さらに私は、彼がパパラッチではないかと疑ってしまった。そのお詫《わ》びがしたいと思って彼の案内をすることを申し出た」

コンスタンタンは呆然とした顔で私を見る。それから、

「では、本日の予定をすべてキャンセルさせたのは、彼のために……？」

「そうだ。書類は持って来てくれたか？」

私は言い、彼は持っていた分厚いファイルを私に示す。

「はい。申し訳ありませんが、これだけは本日中にサインをいただかないと……」

「わかった。採寸の間にチェックする。一緒に来てくれ」

私は言って駆に合図をして、目の前の建物への階段を上る。コンスタンタンが、ファイルを

持ってついてくる。駆が私を見上げて申し訳なさそうな顔で、

「なんだかすごく忙《いそが》しそうだね。観光なんかさせて悪いみたいな……」

「プリンス・マクシミリアン！」

「コメントをお願いします！」

歩道の方から叫《さけ》び声が聞こえ、駆がビクリと肩を震《ふる》わせる。チラリと振り返ると、路上に何台かのバンが停車し、記者とテレビカメラが降りてくるところだった。

「ミス・アンジェリカ・デイヴィスとのことについて何か一言！」

「お話を聞かせてください！」

何度か見たことのあるパパラッチ達がバイクを降り、カメラを構えたまま階段を上る私達を追ってくる。SP達に止められるが、かなりの強さで抵抗《ていこう》し、あからさまに肘《ひじ》や膝《ひざ》で攻撃《こうげき》をしてくるので屈強《くっきょう》なSP達も鼻白んでいる。

「うわ。何あれ？」

駆が驚いた声で言い、私はため息をつく。重い木材のドアを開け、彼の背中を押しながら先に店内に入る。コンスタンタンが続き、最後に入ってきたSP達がしっかりとドアを閉める。

空調の効いた店内は、外の蒸《む》し暑さと喧騒《けんそう》が嘘《うそ》のように静かだ。

「あれは出版社が雇ったパパラッチ。そしてゴシップ番組の記者達だ」

「王子様っていうだけで、毎日あんなすごいのがゾロゾロついて来るの？」

不思議そうに言う彼に、私は、

「アンジェリカ・デイヴィスという女優が、私ともうすぐ結婚《けっこん》する予定だそうだ」

「アンジェリカ・デイヴィス？　ああ……今、アメリカのテレビ番組で大人気の人だよね？

『セックス&ホット・ラヴ』だっけ？　キャリアウーマン達が玉の輿《こし》に乗りまくる話」

彼は驚いたように声を上げる。それからおもむろに姿勢を正して言う。

「ええと……ご結婚、おめでとうございます」

その言葉に、私はため息をつく。

「彼女とは、カンヌ映画祭のパーティーで一度会ったきりだ。婚約などもちろんしていない」

彼は呆然とした顔で私を見上げる。それから不審《ふしん》そうに眉根《まゆね》を寄せて、

「それって……嘘の噂《うわさ》を流されたってこと？」

「どこから流れたのか知らないが、ゴシップ誌ではそうなっている。私はパーティーでアンジェリカ・デイヴィスに出会って一目で恋《こい》に堕《お》ち、その夜のうちに熱烈《ねつれつ》なプロポーズをした。だが彼女のライバルが私に近づき、私はその女性と浮気《うわき》をした。傷ついたアンジェリカ・デイヴィスは莫大《ばくだい》な慰謝料《いしゃりょう》を請求《せいきゅう》するつもり……というところまで話が進んでいる」

「ええと……彼女が出てる『セックス&ホット・ラヴ』に、いかにもそんな話がありそう」

彼は、なんともいえない顔をしながら、

「現実の王子様っていろいろ大変なんだね。たしかにあなたはすごいハンサムだし、女性達が

憧《あこが》れる王子様役にぴったりだけど」

いかにも気の毒そうに言われて、私は思わず微笑《ほほえ》んでしまう。

「ある種の人々の娯楽《ごらく》の一部なのだろうな。よくあることだ。忘れてくれ」

「わかった。ところで……ここ、どこ？」

駆が、室内を見回しながら言う。

高い天井《てんじょう》からはクリスタルのシャンデリア。広々としたフロアにはシックな色合いの木材が張られ、飴色《あめいろ》の脚部《きゃくぶ》を持つアンティークのソファセットが、ゆったりとした距離《きょり》を取って置かれている。

「なんか、ジュエリーショップみたいだけど……」

駆は驚いたように言いながら店内を見回し、隅《すみ》に置かれているボディに目を留める。

「もしかして……洋服屋さん？　なんかすごいな」

彼が言った時、店の奥のドアが開いて、スーツに身を包んだ白髪《しらが》の男性と、やはりスーツを着た小柄《こがら》な青年が出てきた。

「ようこそいらっしゃいました、プリンス・マクシミリアン！」

白髪の男性が言い、にっこりと笑いかけてくれる。そして私の隣《となり》にいる駆に目を移し、

「彼がプリンスの大切なお客様ですか。……私はこの店の店主でチーフ・デザイナーでもあるル・ポルティエと申します。こちらは助手のアンリ。よろしくお願いいたします」

二人は揃《そろ》って駆に向かって頭を下げる。駆は驚《おどろ》いたように、

「ル・ポルティエさん？　ええと……モンテカールには世界一素晴《すば》らしいスーツを作ってくれる『Le Portier』という店があるってガイドブックに書いてありましたけど、もしかして……？」

「この国には、ほかに『Le Portier』という店はございません。わたくしどもほど素晴らしいスーツをお作りする店もね」

ル・ポルティエは誇《ほこ》らしげに言い、それから私達を一つのソファセットに案内する。私とコンスタンタンにソファを勧《すす》めてから、駆に向かって言う。

「カケル様はこちらへ」

「へ？」

駆はカーテンで仕切られた試着室を示されて、驚いた顔をする。

「なんでオレ？」

「私のせいで、君は海に落ちて服を濡《ぬ》らしてしまった。ディナーのための服をプレゼントさせてくれ」

私が言うと、彼は呆然《ぼうぜん》とした顔になる。

「ちょ、ちょっと待って。そんなことしてもらうのは……」

「このままでは、ディナーに行けない。君が、ボストンバッグの中にタキシードを忍《しの》ばせてい

るのなら話はまた別だが」

「タキシード？　まさか。なんで？」

「でしたらこちらへ」

ル・ポルティエは楽しそうに言って、駆を試着室の中に連れて入る。助手のアンリが、ワゴンを押して運んでくる。その上にはティーポットとクリーマー、そしてシュガーポットが載《の》っている。それらと三組用意されているティーカップは揃いのシリーズで、この国にある世界的に有名な窯《かま》、ナイセンの『千夜一夜』。華《はな》やかな色を使ってアラビアンナイトの世界を表現した、量産されていない独特のラインを持つセットだ。高名なデザイナーが手描《てが》きしたために現在ではとても高値で取引されていると聞いた。ル・ポルティエは常連客に自慢《じまん》のコレクションを披露《ひろう》するのが趣味《しゅみ》で、私が来るとこのシリーズを出す。これは値段で選んだわけではなく、私が王子だからだ、と以前にル・ポルティエが言っていた。

「とても美しい方ですね」

アンリが、香《かお》りのいい紅茶をカップに注ぎながら言う。爽《さわ》やかなマスカットに似た芳香《ほうこう》は初摘《つ》みのダージリンだろう。

「店主がとても嬉《うれ》しそうです」

「彼に合うタキシードはありそうか？」

「お任せください。この国ではパーティーは日常茶飯事《さはんじ》。彼はほっそりとしていらっしゃいますが、ぴったりしたサイズの素敵《すてき》なデザインの物がご用意できます」

アンリは自信満々に言い、私とコンスタンタンの前に紅茶のカップを置いてくれる。

「どうもありがとう」

私が言うと彼はにこりと微笑み、もう一つのカップを持って立ち上がる。部屋を横切って歩き、カーテンの隙間《すきま》から試着室に入っていく。駆の分の紅茶だったのだろう。

「さて」

私が紅茶を一口飲んだところで、コンスタンタンがさっそくファイルを開く。

「来週の議会に提出する予定の、小麦の輸入に関する法案です。こちらの書類にサインをいただければゴーサインを出すことができます」

「これが可決されれば、父の代で上がってしまったこの国の物価を少しでも抑《おさ》えることができるんだが」

私は書類を読み、それからサインをする。

「それから……」

コンスタンタンは試着室のほうをチラリと見て、声をひそめる。

「大変失礼ですが……あの方の身元は確かですか？　万が一……」

私は手を上げて彼の言葉を遮《さえぎ》る。

「彼はカメラマンで、WEB上の版権フリーの画像サイトに作品が登録され、顔写真と履歴《りれき》が載っているらしい。嘘とは思えない。

「確かめたのですか？」

コンスタンタンの言葉に、私はかぶりを振《ふ》る。

「私は彼の言葉を信用する。すべて私自身の責任で」

私の言葉に、彼はピクリと肩《かた》を震《ふる》わせる。これは『たとえ命を失ったとしても、ＳＰを始めとする周囲の人間に責任はない』という意味だからだ。

「わかりました」

彼は釈然《しゃくぜん》としない顔で言い、それから、

「あなたの周囲に何かあった時には報告するようにと、大公様から申し付かっております。彼のことをご報告しても？」

「君は公務員で、雇《やと》い主は父だ。ダメだと言ってもやるだろう？　好きにして構わない」

「イエス・マイ・グレイス」

彼はチラリと頭を下げ、それから試着室の方にチラリと視線をやる。分厚いカーテンの向こうからは、駆が何かを言っている声が微《かす》かに聞こえてくる。彼は小さくため息をつき、

「さきほどお会いしたばかりですが……たしかに、カケル様は、とても美しくて、明るいイメージで、好感の持てる方です」

コンスタンタンの言葉に、私は少し驚く。

「クールな君にしては珍《めずら》しく高評価だな」

「それだけに、少し気になります」

彼は、微かに眉根《まゆね》を寄せながら言う。

「もしもどこかの国の諜報《ちょうほう》部員だとしたら、そのような印象を与《あた》えるのは簡単です」

父が大公の地位を継《つ》いだばかりの頃《ころ》、何人かの諜報部員が大公宮殿《きゅうでん》内に紛《まぎ》れ込もうとしていた。だが、わが国の諜報部は優秀《ゆうしゅう》で、彼らを一人ずつあぶりだした。だから彼が言うのは非現実的な話ではない。

「公務は父の補佐《ほさ》のみ、プライベートではパパラッチに追われてばかりの今の私に、諜報活動をするほどの価値はない。それにあれほど間の抜《ぬ》けた諜報部員がいるとは思えない」

私は彼が海に落ちたこと、何の警戒心《けいかいしん》も抱《いだ》かずに船内に連れ込まれてしまったこと、さらにほんの少しの愛撫《あいぶ》で喘《あえ》ぎ、我を忘れて放っていたことを思い出す。

……もしも私と寝《ね》るのが目的ならば、もう少しそれらしき行動をとってもいいはずだ。

激しく放った彼は床《ゆか》に座り込み、泣きそうな顔で肩で息《いき》をしてしまっていた。私の身体《からだ》には触《ふ》れようともしなかったし、誘惑《ゆうわく》するような言葉も一言も口にしなかった。

私は、思い出すだけで鼓動《こどう》が速くなるのを感じる。

……そこが……逆に扇情《せんじょう》的ではあったが……。

エントランスホールの方から聞き覚えのある声が響《ひび》いてきた気がして、私は思わず振り返る。

コンスタンタンが、油断のない動きで立ち上がり、私をかばうようにして立つ。

彼は私の秘書というだけでなく警護の任務も負っていて、わが国の諜報部で数年にわたる訓練を受けてきたプロフェッショナルだ。

「あの声は……？」

コンスタンタンがふと警戒を緩《ゆる》めた瞬間《しゅんかん》、エントランスホールから続く両開きのドアが、大きく開いた。

「やあ、マクシミリアン。コンスタンタンも一緒《いっしょ》だったのか」

入ってきたのは、見覚えのある男。彼はベルナール・クリステンセン。私の従兄弟《いとこ》に当たる。私はすぐに海外へと留学してしまったのだが、幼い頃には本当の兄弟のようにして育てられたらしい。そのせいか彼は何かと私を慕《した》ってくる。

私とよく似た顔立ち、黒い瞳《ひとみ》と漆黒《しっこく》の髪《かみ》。私の次に爵位《しゃくい》を継ぐ権利を持つが、野心で一杯《いっぱい》のほかの親類達に比べ、彼は欲《よく》がない。今はエネルギー省の役人をしているが、仕事に誇《ほこ》りを持っているという。その点でも私は彼を信頼《しんらい》している。

「もしかして、あなたもでき上がったタキシードを取りにきたところ？　この時期はパーティー続きになるから、どうしても新しいものを作らないと……」

彼が言いかけた時、試着室のカーテンが開いた音がした。ベルナールは私の肩越《かたご》しに視線をやって、そのまま言葉を途切《とぎ》れさせる。

「こんな高級そうな服、オレにはもったいないってば」

駆の声がする。私はそちらを振り返り……そして思わず動きを止める。

綿シャツとジーンズというシンプルな服装も若々しくて美しかったが……タキシードを着た彼はまるで別人のように見えた。

凛々《りり》しく張った肩を包むのは、襟《えり》が立った白のドレスシャツと、襟元にサテンをあしらった黒の上着。上着の襟には複雑な刺繍《ししゅう》が施《ほどこ》され、襟元には白のシルクの蝶《ちょう》ネクタイがゆったりとした形で結ばれている。上着の下に着けているのは、淡《あわ》い金色で複雑な織り模様が描《えが》き出された白のジレ《ベスト》。織り模様のデザインは上着の襟と共通したもの。シルクの艶《つや》やかさが、彼をアジアの王子のように高貴に見せている。わずかに腰《こし》の部分を絞《しぼ》った現代風のデザインが、彼の細いウエストを際立《きわだ》たせる。脇《わき》に黒のラインが入った黒のスラックスが、彼のスラリと長い脚《あし》を強調している。彼は恥《は》ずかしそうに頬《ほお》を染め、チラリと私に視線を送ってくる。その羞恥《しゅうち》を含《ふく》んだ眼差《まなざ》しが……とても色っぽい。

「……誰《だれ》だろう、あの子？　なんて綺麗《きれい》なんだ……」

ソファの脇に立ったベルナールが、呆然《ぼうぜん》とした声で言う。

「……パーティー前にタキシードを調達しに来た、どこかの国の王子様か……？」

彼の言葉に、私はかぶりを振る。

「彼はカメラマン。私と一緒に行動している」

「カメラマン？　マスコミ嫌《ぎら》いのあなたが、珍しいな」

「たまたま出会って面白《おもしろ》かっただけだ。紹介《しょうかい》する」

私は上の空で答える。駆の姿から、どうしても目が離《はな》せない。

……ああ、彼はなんて美しいのだろう……？

須藤　駆

試着室に引っ張り込まれたオレは、山のように用意された服を次々に着せられた。ル・ポルティエ氏と助手のアンリはああでもないこうでもないと言いながらさまざまなコーディネートを試《ため》し、そして最後に、一着のとても高価そうな服を着せられた。

「ああ……やはりこれかな？　少し個性的だが、レース前後の晩餐《ばんさん》会のドレスコードは正礼装ではないから、誰も文句は言えないだろう」

「ええ。それに何より、彼にはこれが本当に似合うと思います」

二人はオレをジロジロと眺《なが》め、それから満足げにうなずいている。試着室の中には鏡が置かれておらず、オレはなんだか妙《みょう》に不安な気持ちになる。

……服だけ見たら、本当に素敵《すてき》だ。だけどオレみたいなただの庶民《しょみん》に着こなせているかどうかはまったく自信がない。

「どうぞ」

二人にカーテンの方を示されて、オレは躊躇《ちゅうちょ》する。

……あの人に笑われたらどうしよう……？

思ったら緊張《きんちょう》するけれど……。

……男だろ！　そんなことでビビってたら立派なカメラマンになれないぞ！

オレは自分を叱咤《しった》し、カーテンを開く。ソファに座っていたマクシミリアンが、ふと顔を上げる。そして、そのまま動きを止めてオレを見つめる。

「……あ……」

呆然と見つめられ、頬が自然と熱くなってくる。

マクシミリアンの横には、いつの間にか知らない男性が立っていた。彼はオレを見つめ、それから何かをマクシミリアンに囁《ささや》く。マクシミリアンは彼にかぶりを振《ふ》って、

「彼はカメラマン。私と一緒に行動している」

「カメラマン？　マスコミ嫌いのあなたが、珍しいな」

男性は言い、興味深げにオレを見つめてくる。

……誰なんだろう？

男性はフロアを横切って歩いてきて、オレの前に立つ。

「やあ。私はベルナール・クリステンセン。マクシミリアンの従兄弟に当たる」

彼は、美形の多いモンテカール大公爵《こうしゃく》家の血族だけあって、すごくハンサムな男性だった。でも彫刻《ちょうこく》みたいに完璧《かんぺき》な美貌《びぼう》とクールな雰囲気《ふんいき》を持つマクシミリアンよりも、どこか庶民的で

親しみやすいイメージ。不思議な琥珀色《こはくいろ》の瞳をしたマクシミリアンとは違《ちが》って、黒い瞳。金色に近い褐色《かっしょく》の髪をしたマクシミリアンとは違って、黒い髪をしている。マクシミリアンには兄弟がいないから、彼がマクシミリアンの次に爵位を継ぐ権利を持つ人だった気がする。

「カケル・スドウです。よろしくお願いします」

オレが言うと、彼は気さくに握手《あくしゅ》をしてくれて、それから、

「マクシミリアンから聞いた。カメラマンだって?」

「はい、一応。まだまだ駆《か》け出しですけど」

「謙遜《けんそん》しなくてもいいよ。マスコミ嫌いのマクシミリアンが連れて歩くくらいだから、きっと才能溢《あふ》れるカメラマンなんだろう?」

「いえ、オレなんか……」

「マクシミリアンが公務中には、私がいろいろな場所を案内するよ。F1パイロットの友人も多いから、ピットの内部にも入れる。撮影《さつえい》したいだろう?」

「ありがとう、ベルナール」

オレの代わりに、ソファに座ったままのマクシミリアンが言う。

「だが、パーティー当日までは公務はなんとか調整する。私が彼を案内するので心配しなくていい」

彼は言って、ル・ポルティエさんに視線を移す。

「それに決めたので包んでくれないか？」

「かしこまりました。では、お召《め》し替《か》えを」

ル・ポルティエさんは言って、試着室のカーテンを閉めてしまう。

「ちょっと待って。オレ、こんな高価そうな服、買えないよ」

戸惑《とまど》いながら言うオレに、ル・ポルティエさんは、

「しかるべき服がなければパーティーにはいけません。誘《さそ》った人間が相手の服を準備する、それがこの国の常識ですよ。もちろん公費ではなく彼のポケットマネーから出していただきますのでご心配なさらずに」

当然という口調で言われ、アンリに深くうなずかれて……オレはもう抵抗《ていこう》できなくなる。

……しかし……本当にいいんだろうか？

◆

「ここがグラン・カジノ。パリのオペラ・ガルニエールを作ったシャルル・ガルニエールが設計した、この国の誇《ほこ》る建築だ」

リムジンを降りたマクシミリアンが言う。彼に続いて降りたオレは、広々とした階段の上に聳《そび》え立つその建物を見上げ、少し呆然とする。

「うわ……なんて綺麗なんだろう……」

オレは思わずカメラを構え、アオリの角度でその壮麗《そうれい》な建物を写真に収める。グラビアなんかでもちろん見たことがあったけれど、実物を見るとその迫力《はくりょく》に圧倒《あっとう》される。とんでもない富豪《ふごう》が集まる敷居《しきい》の高い場所としか認識《にんしき》していなかったけれど、このグラン・カジノはどこか可愛《かわい》らしい外装をしていた。

芝生《しばふ》の広場を両側から囲むようにして道路が続いている。車寄せの正面に広い階段が数段あり、大きなドアの両側には格好いい制服を着たハンサムなドアマンが立っている。

建物の全体は薄《うす》い珊瑚《さんご》色、窓枠《まどわく》が白。正面に円い窓を持つ三つの尖塔《せんとう》があり、真ん中の塔の上部には時計がはめ込まれている。上がアーチを描《えが》いたフランス窓が続き、中からキラキラと眩《まばゆ》い光が漏《も》れていて……まるでお伽噺《とぎばなし》の中にでも紛《まぎ》れ込んだみたいに現実味がない。少なくともオレみたいな庶民が来る場所では……。

「ちょ、なんで引っ張っていくんだよっ！」

彼がオレの肩《かた》を抱《だ》き、すたすたと歩き始める。オレはよろけながらもエスコートされ、エントランスの前で立ち止まる。エントランスドアの両側にいる長身のハンサム達は、よく見るとやけに鍛《きた》えられた逞《たくま》しい身体《からだ》をしてる。そして目が鋭《するど》い。ドアマンというよりは警備員なんだろう。

ジロリと見下ろされて、オレは一瞬《いっしゅん》たじろぐ。

……うわ、やっぱりオレみたいな小僧《こぞう》なんか、ここに入るのは無理で……？

「ようこそいらっしゃいました、プリンス・マクシミリアン」

二人が同時に言い、深々と頭を下げる。それから手袋《てぶくろ》をはめた手で、恭《うやうや》しく両開きのドアを開け始める。

……うわあ、気後《きおく》れするから開けてくれなくていいんだけど……。

オレは一瞬たじろぎ……それから内部の様子を見て呆然《ぼうぜん》と口を開ける。

「……あ……」

観光ガイドの小さな写真で見たことはあった。でも……。

「……綺麗《きれい》だ……」

グラン・カジノの奥には、あまり広くなく、しかしとても豪華《ごうか》なプライベートルームがあった。オレは美しい内装だけでなく、天井《てんじょう》に描かれた美しいフレスコ画や、とても貴重だというアンティークのヴェネチアングラスのシャンデリアを夢中で撮影した。

……ああ、どうしよう、すごい写真がたくさん撮《と》れそう……！

マクシミリアン・クリステンセン

モンテカール湾《わん》を見下ろすホテルのベランダで、贅沢《ぜいたく》な南フランス風のランチを楽しんだ後。私は駆を連れてクルーザーに戻《もど》った。そのまま船を操縦して海岸沿いを進み……私が所有するプライベートビーチに到着《とうちゃく》した。

長い桟橋《さんばし》の先に船を停泊《ていはく》させ、私達は純白の砂浜《すなはま》に下り立った。

「うわ、そういえばオレ、水着なんか持ってない！」

駆は叫《さけ》び、服を脱《ぬ》いで水着一枚になった私を見てがっくりと肩を落とす。

「せっかくこんなに綺麗な海があるのにただ見るだけ？」

「予備の水着があればよかったのだが、これ一枚しかない。貸してもいいが君にはサイズが大きいだろう」

「いや、それも悪いし……でも、泳ぐ方法はあるかも。ここってほかには誰《だれ》も来ないプライベートビーチなんだよね？」

彼は言って、チラリと私を横目で見る。私は彼の意図がつかめずに、

「両脇《りょうわき》は崖《がけ》だし、敷地《しきち》への入り口には守衛とＳＰが配備されている。突破《とっぱ》できる人間はいないと思うが……？」

「そしたら、いい方法がある」

彼は言って、いきなりジーンズの前立てのボタンを外す。それを見た私は、なぜか鼓動《こどう》が速くなるのを感じる。

「あなたが見なかったことにしてくれればいいよ」

言いながらファスナーを下ろし、ジーンズを脱ぐ。

「どうせ男同士だし」

Ｔシャツを脱ぎ、なんの迷いもなく下着を脱ぎ捨て、すべてをまとめてビーチチェアに放《ほう》る。

海に向かって真っ直《す》ぐに立った彼の、煌《きら》めくようなその身体に、私は目眩《めまい》を覚える。

そして……胸が切なく甘く痛むのを感じる。

……この気持ちは、いったいなんなのだろう？

「よし、泳ぐぞっ！」

「まだだ」

海に向かって走り出そうとした彼を、私は呼び止める。そして、船から持って来た荷物の中からシュノーケリング用の道具を取り出す。

「こちらは予備があってよかった。これを」

「えっ！　ただ泳ぐだけかと……ゴーグルを着けたら……その……」

自分の身体を鮮明《せんめい》に見られてしまうことに気づいたのだろう。彼は少し困った顔で考えるが……しかしシュノーケリングの誘惑《ゆうわく》には勝てなかったらしい。

「まあいいか！　男同士だし！　ただ、見ても面白《おもしろ》くないから絶対にこっちは見るなよっ」

彼は言いながら、私に背を向けてフィンを履《は》く。そしてシュノーケリング用のスイミングゴーグルとシュノーケルを着ける。

「先に行ってる！」

叫んで、そのままパタパタと砂浜を走り、どんどん海に入っていく。そのまま沖《おき》に向かってとても美しいフォームのクロールで泳ぎ始める。水を切ってとても優雅《ゆうが》に泳ぐ彼の姿に……私は呆然と見とれる。

彼はしばらく進み、それから泳ぐのをやめて水面に顔を出す。手を振《ふ》ってから下を指差し、ここに潜《もぐ》る、という仕草をしてから、水中に向かって潜り始める。勢いをつけるために真下に向かったのか、一瞬彼の剝《む》き出しの白い尻《しり》が覗《のぞ》き、続いて揃《そろ》えられたしなやかな両脚《りょうあし》が見える。それはイルカのように水を蹴《け》ってするりと波間に消え……私は、自分が砂浜に立ったまま呆然としていたことに気づく。

……彼がとても美しいことには気づいていた。だが……。

私は、なぜか鼓動がとても速くなっていたことに気づく。

……あの天真爛漫《てんしんらんまん》な無邪気《むじゃき》さは……時として、男の欲望《よくぼう》をどうしようもなく掻《か》き立てる。

彼をシャワーの中で愛撫《あいぶ》したことを思い出す。

彼は私の愛撫に素直《すなお》に反応し、その美しい屹立《きつりつ》をギリギリまで反り返らせて切なげに喘《あえ》いだ。濡《ぬ》れた髪《かみ》が首筋に張り付き、彼の長い睫毛《まつげ》に水滴《すいてき》が煌めき……本当に淫《みだ》らで、そして本当に美しかった。

彼は、乳首《ちくび》をバラ色に染めて尖《とが》らせ、屹立の先端《せんたん》からとめどなく先走りを溢《あふ》れさせて感じていた。たまらなくなってボディーソープの泡《あわ》の助けを借りて愛撫してやると、そのままブルブルと震《ふる》えながら私の手の中にたくさんの精を放出させた。

震えながらすがってきたしなやかな身体、手の中で震える性器、喘ぎを漏らす濡れた唇《くちびる》。

……いけない……。

私は深呼吸をして、自分の身体の反応を抑《おさ》えようとする。

……ああ……なぜ、私は彼の裸《はだか》を見ただけで勃起《ぼっき》しそうになっているのだろう？

私は砂浜を歩いて海に入り、適当な場所でフィンをはき、スイミングゴーグルを着ける。

……彼の美しい身体はとても目の毒だ。できるだけ見ないようにしなくては。

思いながら大きく息を吸い、シュノーケルを咥《くわ》えて水中を目指して潜る。

彼はかなり深い場所まで潜っていて、珊瑚《さんご》の間に遊ぶ熱帯魚を観察していた。エメラルドブルーの水の中、彼の身体が美しい真珠《しんじゅ》色に煌めいている。揺《ゆ》らめく髪、凛々《りり》しい肩とほっそりとしたウエスト、小さく引き締《し》まった尻、そしてすらりと伸《の》びた長い脚。

水の中の彼は……本当に見とれるほど美しい。

彼は私の気配を感じたのか、こちらを振り返って手招きをする。私はフィンで水を蹴り、魚を驚《おどろ》かせないように慎重《しんちょう》に彼のそばまで進む。彼が指差したところには美しいピンク色の珊瑚とブルーのイソギンチャクの森があり、その間に鮮《あざ》やかな色のクマノミが遊んでいる。

彼は楽しげにそれに見入り……それから息が続かなくなったのか、ここにいて、というように私の肩に触《ふ》れてから大きく水を蹴って海上に戻っていく。私は彼の姿を目で追いそうになり……慌《あわ》てて無邪気なクマノミ達に視線を戻す。

……いけない。これ以上彼の身体を見たら本当に発情しそうだ。

息継《いきつ》ぎをして戻ってきた彼が、私の肩にまた触れる。彼が指差した方を見ると、美しいツバメウオの群れが横切るところだった。彼は水を蹴ってそちらに方向転換《てんかん》をし、ツバメウオの群れを追って泳ぎだす。両手で大きく水をかき、力強いドルフィンキックで進む彼は、とても優雅な海の生き物のようだ。

私を振り返った彼の、スイミングゴーグルの向こうの目はキラキラと煌めいている。

……本当に、子供のように無邪気なんだな。

私は彼に追いつき、並んで泳ぐ。私のほうを見た彼が、いきなり腕《うで》を強く摑《つか》んでくる。そして私の肩越《かたご》しに向こう側を示す。そこには大きな影《かげ》が近づいてきていて……。

彼はパニックになって何かを叫ぼうとし、その拍子《ひょうし》にシュノーケルが口から離《はな》れる。ゴボゴボッと勢いよく泡を噴《ふ》き出し、苦しげな顔で胸を押さえ……。

私は彼の身体《からだ》に腕を回し、海底を蹴って一気に海面に上がる。彼は咳《せ》き込んでから勢いよく息を吸い込み、そして怯《おび》えたように叫ぶ。

「サメがいた！　ものすごく大きいのが！　こっちに来るかもしれない！」

叫んだ拍子に口に水が入り、またゴホゴホとむせてしまう。私は自分のシュノーケルを外し、彼の背中を叩《たた》いてやる。

「トラフザメだ。身体は大きいが、おとなしくて人間に危害は加えない。落ち着きなさい」

「ほ、本当に？」

彼は目を見開いて言い、それから慌ててシュノーケルを咥える。顔を水につけて水中を覗いて……。

「んん――っ！」

彼の手が、興奮したように私の肩《かた》を摑んでくる。私はシュノーケルを咥えて顔を水に入れる。私達のすぐ下、蝶《ちょう》のように乱舞《らんぶ》するツバメウオの中を、大きな影が横切っていく。

全長三メートルは超《こ》えているだろう。ヨシキリザメに似た長い尾《お》が、人食いザメを連想させる。しかしよく見るとその頭は丸みを帯びていて、胸ヒレも短め。ずんぐりした形とゆったりとした泳ぎ、グレイの身体に黒の斑点《はんてん》。ジンベエザメに似たイメージだ。

私達は身体を伸ばして水面に浮《う》かび、海底を泳ぐトラフザメの姿を観察する。トラフザメは海底にある小さな貝をいくつか食べ、そのまま悠々《ゆうゆう》と泳いで姿を消した。

私達はそれを見送り、そして水面に顔を上げる。

「すごい！」

シュノーケルとスイミングゴーグルを取った駆が興奮したように叫《さけ》ぶ。

「すごく格好いい、トラフザメ！」

私もシュノーケルを外し、スイミングゴーグルを取って答える。

「あれほど大きな個体はこの辺りでも早々見ない。よかったな」

「うん。すごくいい思い出に……」

彼は言いかけてから、とても悔《くや》しそうな顔になる。

「ああ～、水中カメラがあれば、ただの思い出じゃなくて写真に撮《と》れたのになあ」

「水中カメラも持っていたのか？　それなら船に戻《もど》って……」

「いや、ない。『もしもあれば』って意味で言ったんだ」

駆は少し恥《は》ずかしそうに言う。

「本当はここに持ってきたくてバイトしてたんだけど、貯《た》まる前に出発になっちゃったし」

「それなら、またここに来ればいい。今度はカメラを持って」

私が言うと、彼は不思議そうな顔をして、

「だけど、ここってプライベートビーチなんだよね？　あなたがいないと来られない」

言って、少しだけ寂《さみ》しげにクスリと笑う。

「だから、またこの国に来られる機会があったとしても、ここには……」

「モンテカール公国に入国する時には、私に連絡《れんらく》を必ず入れるように。でないと入国した途端《とたん》にSPに取り囲まれて王子の許《もと》に連行されることになる」

彼は驚いたように眼《め》を見開き、それからクスリと笑う。

「連行されたら次はどこに行くの？」

「もちろん、王子のプライベートビーチに監禁《かんきん》だ。昼も夜も、青い空と、地中海と、海洋生物ばかりを見て暮らすことになる」

私が言うと彼は楽しそうに笑い、それからその煌《きら》めくような笑《え》みを私に向ける。彼の手が伸ばされ、その指が私の肩にそっと触れる。

「どうもありがとう。ここに来る時にはちゃんと連絡する。いや……ここになら監禁されてもいいかも。いい写真がたくさん撮れそうだしね」

私は、彼のその笑みの美しさに、ドキリとする。

……いけない、また……。

私は、身体の奥に欲望が湧《わ》き上がるのを感じながら思う。

……また、発情しそうだ……。

「そろそろ本当に岸に戻ろう。身体が冷えてきただろう」

私は言って彼の手首を握《にぎ》り、その身体を引き寄せる。熱いほどの気温とはいえ彼の身体はやはり少し冷え始めている。私は彼の両方の脇《わき》の下に腕を入れ、脇に抱《かか》えるようにして岸に向かって泳ぎ始める。

「あははは、これ、面白《おもしろ》い！」

救助の要領なので、彼の肩から上が水面から出ている。彼はとても楽しそうにはしゃいだ声で言う。

「それにすっごく楽だ！　もっと速く！」

私の身体に密着している、彼の滑《なめ》らかな肌《はだ》。彼の体温がダイレクトに伝わってくる、水に濡れた二人の身体が擦《す》れあう感覚は……やけに淫靡《いんび》だ。

そろそろ立てるだろうか、と思った私は砂地を足先で探《さぐ》る。立ってみると、すでに水は私の胸の辺りまでしかない。彼の身体を抱えたまま砂の上を歩いて岸に向かう。

「あ、もういいよ」

ウエストが水から出た辺りで、はしゃいでいた彼が急に恥ずかしそうに身じろぎをする。

「……っていうか、ちょっと……」

彼はふいに活《い》きのいい魚のように暴れて、私の腕から滑《すべ》り出る。砂の上に立ち上がると、水深はちょうど彼の臍《へそ》より少し上の辺りだった。

「ごめん、タオルとか持ってきてくれない？　このままじゃ、水から上がれない……」

「さっきは平気で裸《はだか》で歩いていたくせに？」

「……いや……その……」

私が不思議に思って言うと、彼はふいに頬《ほお》をカアッと染める。

「さっきまでとは状況《じょうきょう》が違《ちが》うのか？　まさか……」

私は水中に手を伸ばし、彼の下腹に触れる。

「……アッ！」

彼の下腹には、硬《かた》く持ち上がった屹立《きつりつ》があった。

「なるほど、ここの形が、さっきとは違うのか」

囁《ささや》きながら指先で形を辿《たど》ると、彼が息を呑《の》んで私の腕に爪《つめ》を立てる。

「……ン、ク……ッ」

「たしかに、今にも放ちそうなほど反り返っている。どうしてだ？」

張《は》り詰《つ》めた先端《せんたん》を親指で擦《こす》ってやると、彼の身体がビクンッと跳《は》ね上がる。

「……や……そこ、ダメ……！」

「拒絶《きょぜつ》の言葉は認めない」

私は彼の屹立の先端に指で円《えん》を描《えが》きながら、その耳元で囁く。

「正直に、どう感じるかだけを言え」

「……アッ……アァッ……」

彼の先端のスリットから、ヌルリとした感触《かんしょく》の蜜《みつ》が溢《あふ》れている。

「先走りをこんなに漏《も》らしている。気持ちがいい？　それとももうやめてほしい？」

「……ア、ア、イジワル……ッ」

彼は顔を仰向《あおむ》け、瞼《まぶた》を閉じたまま、空に向かって甘い声を上げる。

「なんて子だ。この国の次期元首に、そんな悪態をつくなんて」

私は身を屈《かが》め、剝《む》き出しになった彼の乳首《ちくび》にキスをする。

「……く、ぅ……っ！」

彼は驚《おどろ》いたように息を呑み、しかしとても感じてしまったのか屹立をヒクヒクと反応させる。

「男なのに……乳首が本当に感じやすいんだな」

囁いて、舌先で尖《とが》った先端をヌルヌルと弄《いじ》る。彼はたまらなげな喘《あえ》ぎを漏らしながら、さらに屹立を反り返らせる。

「……あ……乳首、気持ち、い……」

理性が飛んでしまったのか、彼の唇《くちびる》からとても淫《みだ》らな言葉が漏れた。やんちゃで気が強く、とても誇《ほこ》り高い彼が、私の愛撫《あいぶ》に我を忘れているところは……私をとても興奮させる。

「もっときちんと言え。ここは？　感じるか？」

彼の屹立を右手で握り締《し》め、左手の手のひらで先端を包み込み、そのまま円を描《えが》くように擦ってやる。

「……あ……すご……アアッ、アアッ！」

誰《だれ》にも汚《けが》されていないまだ無垢《むく》な身体《からだ》をした彼は、多分、自慰《じい》と同じように側面を強く擦り上げないと放つことができない。イケないままに与《あた》えられ続ける先端への刺激《しげき》は、彼の身体にとてつもない快感を教えるはずで……。

「……お願い……横、擦って……イカせてくれよ……っ！」

彼は涙《なみだ》に潤《うる》んだ瞳《ひとみ》で私を見上げながら、必死で懇願《こんがん》する。

「……身体……おかしくな……あ……イク……！」

彼の身体が射精した時のようにビクッと大きく震《ふる》えるが……私が側面を握っているせいで先端からは何も出ない。だが、彼は激しい快感に耐《た》えるように美しい眉《まゆ》をきつく寄せ、閉じた長い睫毛《まつげ》の間から快楽の涙を溢れさせる。

「……ア……ア……アア……ッ」

彼が快感の波に巻き込まれていることを証明するように、屹立が、ヒクヒクッ、と大きく震えている。

仰向いた美しい顔、濡《ぬ》れた滑らかな肌、速い呼吸に上下する胸。私はたまらなくなって、震えるため息を漏らすその唇に、深く深くキスをする。

「……ん、くうぅ……っ」

怯《おび》えたように閉じそうになる上下の歯列の間に、強引《ごういん》に舌をねじ込む。そして逃《に》げようとする彼の舌をすくい上げ、舌で愛撫する。

「……ん、んん……っ！」

彼の舌は薄《うす》く小さく、そしてひんやりと冷たい。私はとても繊細《せんさい》で美味《おい》しい果物《くだもの》のようなそれをたっぷりと味わい、その甘さを堪能《たんのう》する。

「……う……く……っ」

唇を重ね、舌を愛撫するたびに、彼の屹立がビクビクッと震える。今にもイキそうだと切なく訴《うった》えるその屹立を、私は容赦《ようしゃ》なく指で締め上げてせき止める。

……彼は、私とのキスで感じている。

思うだけで、私の中に激しい欲望《よくぼう》が湧き上がる。

……抱《だ》きたい……。

私は思ってしまい……それからその考えにとても驚いてしまう。

……男の私が、男の彼を……？

欧州《おうしゅう》ではゲイはそれほど珍《めずら》しくなく、友人にそういう嗜好《しこう》の人間がいなかったわけでもない。酔《よ》った拍子《ひょうし》に男同士のセックスについて聞かされたことくらいある。だが……まさか、自分がそうしたいと思う日が来るなどとは、夢にも思わなかった。

「……マクシミリアン……ひどい……」

彼は私の胸に額を押し付け、とても苦しげな、しかしとても色っぽい声で囁く。

「……こんなにさせといて、そのままにする気かよ……」

私の手の中で、彼の屹立がねだるように震える。スリットからとめどなく溢れる蜜が、私の手のひらに熱く滑る感触を伝えてくる。

……ああ……指とキスだけで、こんなにトロトロになってしまう。もしも本気で抱いたら、彼はどうなってしまうんだろう……？

そう思っただけで、私の身体の奥の野獣《やじゅう》がもぞりと身じろぎをする。身体中の熱が脚《あし》の間に凝縮《ぎょうしゅく》し、激しい欲望に鼓動《こどう》が速くなる。

……いけない。このままでは本当に襲《おそ》ってしまいそうだ。

「……ずるい……オレばっかりこんなに感じさせて……」

彼の熱いため息が、私の肌をくすぐる。

「……どうせ、あなたは、勃《た》ててもいないんだろ……？」

「確かめてみたらどうだ？」

私が囁くと、彼は一瞬《いっしゅん》息を呑み……それからおずおずと手を伸《の》ばしてくる。彼の手が私の腹にそっと触《ふ》れてくる。

「……うわ、アスリートみたいなすごい腹筋。うらやましい……！」

彼は額を押し付けたまま、私の腹を指先で辿る。

「確かめたいのはそんな場所か？」

私が囁いてやると、彼は緊張《きんちょう》したようにごくりと唾《つば》を飲み込む。……それから深呼吸をし、覚悟《かくご》を決めたように手を滑らせ……。

「アッ！」

私の屹立に触れた瞬間、彼は小さく喘ぐ。驚いたように手を引こうとする彼の手首を、私は強く摑《つか》む。

「勃起《ぼっき》しているのは君だけではない。どうする？」

彼は息を呑み……それから私の顔を見上げてくる。

「……もしかして……あなたもイキたいの……？」

潤んだ漆黒《しっこく》の瞳に見上げられ、私の中の欲望がさらに膨《ふく》れ上がる。

「ああ」

私が答えると、彼は今にも泣きそうに目を潤ませる。

「あなたは、どう見てもクールでハンサムな王子様だ。なのに……」

彼の手がおずおずと動き、私の屹立《きつりつ》の形をゆっくりと辿《たど》る。

「……あ……すごい……」

彼は、ため息混じりの囁《ささや》きを漏らす。

「……硬《かた》いし、すごく大きい……」

私が身につけている競泳用の水着は、とても薄い布でできている。その布越《ご》しに感じる彼の指先の感触は……なぜかとても淫靡《いんび》だ。

「……あ、また大きくなった……こんなのずるいよ……」

少し拗《す》ねたような声に、私はクスリと笑ってしまう。

「君のここも……」

囁きながら勃起したままの彼の屹立をキュッと擦り上げてやる。

「……あっ！」

「美しい形をしていて、感じやすい。とても素敵《すてき》だ」

囁きながらゆっくりと擦り上げると、彼の全身がヒクヒクと震える。私の屹立にそっと触れていただけの手に力が入り、彼の指がキュッと私の屹立の先端を握《にぎ》ってしまう。

「あっ！　ごめ……っ」

驚《おどろ》いたように手を引いた彼の手首を、私はもう一度摑んで引き寄せる。

「自分だけイク気か？　こんなになった私の欲望は放《ほう》っておいて？」

「……わ……わかったよ……仕方ないな……」

彼はかすれた声で囁き、覚悟を決めたように私の水着の中にそっと手を滑《すべ》り込ませる。彼のひんやりと冷たく、繊細な指が、私の熱い欲望に触れてくる。

私に触れた瞬間、彼は小さく喘《あえ》ぎ、屹立をヒクリと反応させる。彼の先端《せんたん》のスリットから、また先走りの蜜《みつ》が溢《あふ》れるのを感じる。

「イケナイ子だな」

私は、親指でその蜜を先端に塗《ぬ》りこめながら囁く。

「男の欲望を握って、それで感じてしまっているのか？」

「……あ……だって……」

彼が頬《ほお》を染め、泣きそうな顔で囁く。

「……オレ、男のココなんて、師匠《ししょう》のしか見たことないから……」

「え？」

私が耳を疑いながら言うと、彼は慌《あわ》ててかぶりを振《ふ》る。

「もちろん触《さわ》るのは初めてだよ。師匠のも、一緒《いっしょ》に温泉に入った時にチラッと見ただけだし」

彼の無邪気《むじゃき》な言葉が、私の中に激しい炎《ほのお》を燃え上がらせる。

……師匠と呼ばれている男も、この美しい身体を見ることができたというわけだ。

目が眩《くら》むような熱い感情。私のなけなしの理性が、一気に吹《ふ》き飛ぶ。私は左手で彼の腰《こし》を引き寄せ、右手で彼の手ごと二本の屹立を握り込む。そして、そのまま激しく擦《こす》り上げる。

「……ア……あなたのが……熱い……」

容赦ない愛撫《あいぶ》に、彼がたまらなげに喘ぐ。

「……待って、そんなふうにされたら……ンンッ！」

彼の先端から、ドクドクッと勢いよく白濁《はくだく》が放たれる。弛緩《しかん》しそうになる彼の身体《からだ》を強く抱《だ》き寄せ、そのまま二本の屹立を扱《しご》き続ける。屹立の側面に触れている彼の滑《なめ》らかな手の感触《かんしょく》が……とても淫《みだ》らだ。

「……ダメ、許して、オレ、もう……っ！」

駆が泣きそうな声で許しを請《こ》う。私は身をかがめ、彼の耳たぶを強く噛《か》んでやる。

「許さない。私の愛撫を受けながら、ほかの男の話をしたお仕置きだ」

彼の放った蜜が、二人の手のひらと屹立の間に入ってヌルヌルと側面を滑らせる。

「……アアッ……アアッ……！」

二人の身体を、地中海のおだやかな波が洗う。しっかりと抱き合って揺《ゆ》れる二人の間で別の波が立つ。擦り上げるたびに漏《も》れる彼の喘ぎ。それがどんどん激しくなって……。

「……アアッ！」

彼がたまらなげに喘いで、ドクン、と蜜を溢れさせる。

「……ンンッ！」

彼の手が、我を忘れたように私の屹立をキュウッと強く握り……まるで彼の性器にきつく締《し》め上げられたかのような錯覚《さっかく》に陥《おちい》る。

その瞬間、目の前が眩むような快感が駆《か》け抜《ぬ》け……私は彼の手の中に欲望《よくぼう》を放った。

……ああ……私はきっと、この青年を抱《だ》きたいのだ……。

その時、私ははっきりと自分の燃えるように激しい欲望を自覚したのだ。

◆

「なんだか、すごく楽しい港町って感じだよね」

活気に溢れる市場の様子を見回しながら、駆が弾《はず》んだ声で言う。

あれから、駆は私のクルーザーにずっと宿泊《しゅくはく》している。寝《ね》る前にふざけたふりをしてキスをしたり、彼が眠《ねむ》っている間にそっと抱き締めたりはしているけれど……プライベートビーチでしたような熱い愛撫や、それ以上のことをすることは、必死で我慢《がまん》をしている。

駆はふとした拍子にあれを思い出すのか、微《かす》かに頬を赤らめてとても色っぽい顔をする。しかし不用意に手を伸ばせば、警戒《けいかい》心の強い猫《ねこ》のようにするりと逃《に》げる。その駆け引きを楽しみ、さらに胸を熱くしてしまっている自分に気づいて……私は自分が深みにはまっていることを感じていた。

私は秘書のコンスタンタンの手を借りて、会議はできるだけインターネット経由で済ませ、チェックすべき書類は運ばせ、船の中で仕事をしていた。モンテカール・グランプリが始まれば抜けられない公務がある。その前に、私は駆にできるだけの協力をしたかった。

私達はクルーザーを移動させながら、モンテカール公国内だけでなく、南フランスやイタリアにまで足を伸ばした。

今、私と駆は、南フランス、マルセイユにいる。マルセイユの旧港にある贅沢《ぜいたく》なマリーナに船を停泊《ていはく》させ、マルセイユの市街にある港町らしい市場を歩いている。私達の周りをさりげなくSPが取り囲んでいるが、全員私服を着ているし、夕方の買い物をする地元の人々や、各国からの観光客でごった返してるためにあまり目立たない。

マリーナに停泊する前、私達は、デュマの『巌窟王《がんくつおう》』の物語の舞台《ぶたい》になったことで有名な沖《おき》合《あい》の島、イフ島のすぐそばを通った。そこは昔は城砦《じょうさい》、後には監獄《かんごく》として使われていた場所。乾《かわ》いた砂色の島に砂色の城砦がそびえたつ不思議な光景は素晴《すば》らしく、駆の師匠だという男が昔から撮《と》りたがっていたモチーフの一つらしい。駆は夢中でカメラを構え、深い紺色《こんいろ》の地中海と、そこに浮《う》かぶその島を撮影《さつえい》していた。私は彼が気に入った場所に船を何度も停泊させ、島の周囲を回った。これは観光船では絶対にできないことだろう。

さらに、私達は、マルセイユの街を見下ろして建つ美しいノートルダム・ドゥ・ラ・ギャルド大聖堂や今では美術館や自然史博物館として使われている昔の宮殿《きゅうでん》、ロンシャン宮に向かった。ロンシャン宮は両側に贅沢な給水施設《しせつ》を持つ宮殿で、彫刻《ちょうこく》を取り入れた美しい人工の滝《たき》が作られている。ここも彼の師匠だという男が来たがっていた場所らしく、水を吐《は》き出す見事な彫刻達や、贅沢な宮殿の内部は、モチーフとしては本当に素晴らしかったと思う。本当ならなかなか入れない場所にも、事前に私の名前を出して交渉《こうしょう》してあったせいか、簡単に撮影が許可された。駆は協力的だった施設のスタッフ達に丁寧《ていねい》に礼を言いつつ、思い切りシャッターを切っていた。

カメラを持ち、モチーフの前に立った時の彼を見て、私は日本の弓道《きゅうどう》を思い出した。駆は弓を引き絞《しぼ》るかのように集中してカメラを構え、その横顔を凜々《りり》しく厳しく引き締めてシャッターを切る。カメラの技術が発達している現代、漫然《まんぜん》とシャッターを切るだけでもある程度見栄《みば》えのする写真を撮ることは可能だと思う。しかし、駆の写真の撮り方は、そういうものとは一線を画していた。

私は、生まれた時からモンテカールの次期元首となるための教育だけをされてきた人間。とりあえず完璧《かんぺき》な成績を取り続けてすべての学校を首席で卒業し、帝王《ていおう》学や外国語、経済学、さらに教養としての歴史や芸術や音楽に関する知識を叩《たた》き込まれたが、自分が何かを作り出すことはできない人間なのだということはよく解《わか》っている。そして、彼のように、自分で何かを作り出せる芸術家にとても憧《あこが》れる。私は駆の凜々しい姿に見とれ、自分とはまったく別の煌《きら》めくような世界を心の中に持っているこの青年に、さらに胸を焦《こ》がした。

「うわ、すっごく大きいロブスター！　見て、このハサミ！」

駆は人の気も知らず、少年のように無邪気な様子で、屋台に並んだロブスターを見て目を輝《かがや》かせている。道の両側に並んだ屋台には山のように氷が盛られ、その上には新鮮《しんせん》な魚介類《ぎょかいるい》が並べられている。駆が興味を抱《いだ》いているロブスターのほかに、新鮮な手長海老《えび》やムール貝、アサリ、さらに一匹《いっぴき》のままのカサゴやタラなどが並んだところはなかなか壮観《そうかん》だ。
駆はフランス語で屋台の店主と楽しげに話し、撮影の許可をもらった。屋台に並んだ魚介類の写真を撮り、さらに巨大《きょだい》なロブスターをぶら下げた店主の写真まで撮っている。最初に会った時から、とても美しいフランス語を話す青年だと思っていた。さらによく聞いていると、英語とイタリア語も、簡単な日常会話くらいはできるようだ。相手の話す言葉に応じてたくみに使い分けているが、どれも発音はとても美しい。

……師匠という人の教育がよかったのか、それとももともと語学にも才能があるのか……。

「これを買って、船に持って帰れないかなあ？」

駆が、氷の上に並んだ魚介類を眺《なが》めながら言う。

「オレ、料理は結構得意なんだよね。師匠と住んでいる時には料理係だったし。こんな新鮮な魚介類があったら、いろいろ作れそう……」

彼が言った時、彼のお腹《なか》が、キュウウ、と可愛《かわい》く鳴った。

「君の身体は本当に正直だな」

私が言うと、彼は真っ赤になり、

「今日は一日夢中で撮影してたから、すっかりお腹が空いちゃった。今から船に戻《もど》って料理をするまではもたないかも……」

「プリンス・マクシミリアン」

駆が情けない顔をした時、SPの一人がさりげなく近寄ってきて囁《ささや》く。

「コンスタンタンさんから電話で、『例の店のディナーの席が取れました』とのことです」

「わかった。ありがとう。念のために頼《たの》んでおいてよかった。そこに向かおう」

私が言うと、彼はうなずいてさりげなく離《はな》れて行く。不思議そうな顔で見上げてくる駆に、

「ちょうどいいタイミングだったな。ディナーの予約が取れたようだ。だが君の料理は魅力《みりょく》的なので……ディナーは軽めにして、シャンパンのための夜食を作ってもらおうか」

「それがいい。師匠《ししょう》が酒飲みだったから、そういうのも得意」

駆が深くうなずく。

「夕食の後で、またここに来ようよ。アボカドのサラダとか、手長海老の冷たいカクテルとかを作ってあげる。あ、あっちの屋台にはすごくたくさんのフルーツを売ってるから、南フランス風のマチェドニアも作れるよ」

彼は楽しげに言い、私を見上げてくる。

「でも、まずはディナーだね。どんなお店を予約したの？」

「マルセイユに来ると必ず寄る、私が気に入っているレストランだ。かなり人気なので予約が取れるか心配だったのだが、コンスタンタンがなんとか手配してくれたらしい」

「うわ、楽しみ……あっ」

道路に零《こぼ》れていた氷を踏《ふ》んでしまった駆が、滑《すべ》って身体《からだ》のバランスを崩《くず》す。

「危ない！」

私はとっさに手を伸《の》ばし、転びそうになった駆の身体を抱《だ》き締める。私の腕《うで》の中で、彼がピクリと震《ふる》えて少し緊張《きんちょう》するのが解る。シャツ越《ご》しの彼の引き締まった身体の感触《かんしょく》と、熱いその体温。ずっと触《ふ》れていたいほど心地《ここち》いいが……人ごみの中からカメラに狙《ねら》われている気がして、私は名残惜《なごりお》しい気分で手を放す。

「……あ……っ」

小さく呟《つぶや》いて見上げてきた駆の目には、少し寂《さび》しそうな、そしてどこか甘えるような光がある。まるで「どうして触れていてくれないの？」と聞かれた気がして……私は身体に熱が湧《わ》き上がるのを感じる。

……気の強い彼が、そんなことを思ってはいないことくらい解っている。だが……全身全霊《ぜんれい》をかけて欲望と闘《たたか》わないと、今すぐに押し倒《たお》してしまいそうだ。

◆

「南フランス、モンテカール公国、南イタリア……美味《おい》しい食材がたくさんある場所に来られて幸せだなあ。日本ではお金がなくてコンビニおにぎりばっかり食べていたのに」

駆が、幸せそうに言う。

「なんだか、まだ夢を見てるみたい」

私達がいるのは、コンスタンタンが『例の店』と言った場所、私が気に入っている店だ。旧港を見下ろせる古い美術館の屋上にあり、知る人ぞ知る店……だったはずなのだが、ガイドブックに載《の》ったせいでなかなか予約が取れなくなってしまった。

私と駆は、オーナーが用意してくれた個室にいる。彼が気を利《き》かせて個室のドアのすぐ外のテーブルをSPのために空けてくれたので、不審者《ふしん》はここに入ることができず、しかもSPはSPで、この店の贅沢な海の幸《さち》をたっぷりと楽しむことができる。

個室は屋上の一角を漆喰《しっくい》の壁《かべ》で仕切ったところにある。周囲の床《ゆか》はあたたかな砂色の石張り。そこに置かれた丸いガーデンテーブルには、南フランスらしい鮮《あざ》やかなオレンジイエローのテーブルクロスが掛《か》けられている。テーブルクロスの上には蠟燭《ろうそく》が置かれ、ロマンティックな炎《ほのお》を揺《ゆ》らしている。低い石の手摺《てす》りの向こうには、夕暮れのオレンジ色に染まったマルセイユ。そして見渡《みわた》す限《かぎ》り広がる地中海がある。

駆はその景色も夢中で撮影していた。

クリスタルのグラスに、爽《さわ》やかな辛口《からくち》の白ワインが注がれ、私達はグラスを持つ。

「何に乾杯《かんぱい》をしよう？」

「そしたら、オレをいろいろなところに案内してくれる、あなたの親切に」

駆が言い、私は思わず微笑《ほほえ》んでしまう。

「では、君の作品が素晴《すば》らしいものになることを祈《いの》って」

私達はごく軽くグラスを合わせ、その爽やかな飲み口と豊かな香《かお》りを味わう。

ノックの音と共にドアが開いて、ウエイター達が皿を運んでくる。

前菜はアーティチョークを使った冷製サラダ、メインには、この店の名物である、タラやカサゴ、ムール貝やロブスターを入れたブイヤベースを頼んだ。たっぷりのサフランが食欲《しょくよく》をそそる香りを立てている。薄《うす》切りにした香《こう》ばしいライ麦パンのトーストと、ニンニクを使ったアイオリソースが添《そ》えられている。これは入っている魚介類を別に取り、最初にスープだけを味わうのが本格的な食べ方だ。ウエイターが、二人のブイヤベースから魚介類を取り出し、皿に盛り付けてくれる。彼が部屋を出て行った途端《とたん》、とてもお腹が空いていたらしい駆は「いただきます！」と言ってスープを飲み始める。

「これは、私が南フランス一美味しいと思っているブイヤベースだ。どうだ？」

私が聞くと、夢中でスープを飲んでいた駆が、

「ごめん、感想は後」

短く言って、またスプーンを動かす作業に戻る。彼の頬《ほお》が幸せそうに染まっていて……私は、彼もこれを気に入ったのだろうな、と少し嬉《うれ》しく感じる。

「すっっっごく美味しかった！」

スープをすべて飲んだ駆が、感動したように言う。

「ブイヤベースって、見よう見まねで作ってたけど……なんか開眼した感じ。こんなに美味しいものなんだね。さらに、スープと中の具を別々に食べるなんて知らなかった」

彼は言い、ふっくらとしたロブスターの肉をフォークに刺《さ》し、アイオリソースを少しだけつけて食べてみている。

「うわあ、いい香り。ニンニクが利いてるけど、あんまりしつこくないんだね」

「店によっては、ニンニクと魚介《ぎょかい》の香り、どちらもくどくなりがちだ。この店のブイヤベースはとても新鮮な魚と上質のサフランを使っているので、魚介のコクとサフランの香りがたっぷりと出ていて、しかししつこくはない」

「これが、モンテカールの王子様が南フランス一と認めたブイヤベースなんだね」

彼はうっとりと言いながら味わい、それからふと顔を上げて、

「ん？　欧州《おうしゅう》一とかじゃなくて、南フランス一？　じゃあ欧州一はどこ？」

「欧州一なのは、うちのシェフのブリエが作るブイヤベースだ」

「うわあ。レストランとかなら行きたいって言えるけど、大公宮殿《きゅうでん》じゃ『行きたい』なんて言えないよなあ」

駆が少し残念そうに笑う。私は、

「好きな時に来ていい。私が許可する」

言うと、彼は驚《おどろ》いたように眼《め》を見開く。それから、

「それはさすがに気がひけるよ。観光コースならまだしも、大公宮殿にお客さんとしてお邪魔《じゃま》するなんて」

「どちらにしろ、次の金曜日には来てもらうことになる」

私の言葉に、彼はさらに驚いたように眼を見開く。

「それって？」

「モンテカール・グランプリの予選の前日、F1パイロットやチームのメンバー、世界中のVIPを招いての大公主催《しゅさい》のパーティーがある。君も参加してくれ」

「ちょ、ちょっと待って。オレなんかが行くのはちょっと……」

怯《おび》えた顔をする彼に、

「最初の日にプレゼントしたタキシードを無駄《むだ》にする気か？」

言うと、彼はとても困ったような顔になって、

「うわあ……なんであんな素敵《すてき》な服をって思ったけど、そういう魂胆《こんたん》があったのか」

「もちろんだ。参加するように。この国の次期元首からの直々の招待だよ」

私が言うと彼は呆《あき》れたような顔をし……それから小さく噴《ふ》き出す。

「この国の王子様は、こんなにハンサムなのにどこか子供みたいだ」

彼の笑顔《えがお》は眩《まばゆ》く、屈託《くったく》がない。私は見とれてしまいながら思う。

……子供のようなのは、君の方だよ。

須藤　駆

オレとマクシミリアン、そしてSPのメンバーは、美味しい料理を堪能《たんのう》して、レストランを後にした。エレベーターで一階まで下り、扉《とびら》が開いた途端……。

「プリンス！　彼とはどういう関係ですか？」

「あなたはゲイだという噂《うわさ》がありますが、本当ですか？」

いきなりカメラのフラッシュが焚《た》かれ、マイクを持ったレポーターが押し寄せてきた。

「うわっ！」

オレは押されて倒れそうになり、マクシミリアンが慌《あわ》ててオレを支えてくれる。そこに、またフラッシュの嵐《あらし》。

……なんなんだ、これ？

SPが記者達を押しのけ、オレとマクシミリアンを守るように立ちはだかる。記者の一人が、フランス語のゴシップ新聞をこっちに向けて開く。紙面には『号外』の文字が躍《おど》っている。

「この記事をごらんになりましたか？」

……うわ……。

それを見て、オレは思わず青ざめる。

マクシミリアンがハリウッドのテレビ女優、アンジェリカ・デイヴィスにプロポーズをしたという噂が広まり、それにライバルだの浮気《うわき》だの慰謝料《いしゃりょう》だのいう尾鰭《おひれ》がついて……ってところまでは前に聞いた。でも、その新聞の記事は……。

紙面には『世界中の女性の憧《あこが》れ・モンテカール公国の美貌《びぼう》の王子様は実はゲイだった!?』『アンジェリカ・デイヴィスから王子を奪《うば》ったのは、なんと東洋人の魔性《ましょう》の美青年!』という見出しが躍り、オレとマクシミリアンがリムジンに乗ろうとしている写真が載せられている。バックに写っているのは数時間前に行ったあの市場。オレは横顔だからよく解《わか》らないけれど、マクシミリアンの顔ははっきりと写っている。彼はオレを胸に抱き締《だし》め、なんだかとても愛《いと》おしそうな顔でオレの髪《かみ》に頬を埋《うず》めている。

……これって、オレが氷を踏《ふ》んで滑《すべ》り、それをマクシミリアンが支えてくれた時の写真じゃないか！

オレは写真を見つめて愕然《がくぜん》とする。

……あの時にも、パパラッチに狙《ねら》われていたなんて！

「最近、どこにでもその美青年を連れているという評判ですが、彼はあなたの恋人《こいびと》ですか!?」

「アンジェリカ・デイヴィスとの婚約《こんやく》は、破棄《はき》するおつもりですか!?」

「プリンス・マクシミリアン！」

エレベーターホールの向こうから、コンスタンタンが呼んでいる声が聞こえる。ガラスのドアの向こう側、車寄せに見覚えのあるリムジンが停《と》まっているのが見える。

「失礼、通してください」

SP達が言いながら、記者やカメラマン達をかき分けて壁《かべ》を作ってくれる。オレとマクシミリアンはその間を足早に進み、コンスタンタンと一緒《いっしょ》にエントランスから出る。リムジンに滑り込むと同時に、ショウファーの手で外側からドアが閉められる。彼が運転席に滑り込み、すぐにリムジンがゆっくりと走りだす。

「ゴシップ新聞の号外を見て、慌ててお迎《むか》えに来ました。記者達に囲まれているのではと心配しましたが、やはり……」

向かい側に座ったコンスタンタンが、少し青ざめながら言う。

「旧港のマリーナにも、記者がつめかけています。クルーザーは、フットマンのエミルとエリックに操縦させ、モンテカールまで移動させたらどうかと思うのですが……」

「任せる」

マクシミリアンが、少し疲《つか》れたような声で言う。コンスタンタンはうなずき、携帯電話《けいたいでんわ》を取り出して何かを指示している。

ふと気配を感じて振《ふ》り返ると、何台かのバイクがリムジンの後を追って来ている。見たことのある大柄《おおがら》な男が交ざっているから、さっきオレ達にカメラを向けたパパラッチだろう。ショウファーは慣れているみたいで悠々《ゆうゆう》とリムジンを運転してるだけだけど……パパラッチ達は見失ってはいけないと焦《あせ》っているのか、無理やり車と車の間に滑り込んだりしてかなり迷惑《めいわく》だ。

コンスタンタンが、

「こういう事態は珍《めずら》しくありません。こういう時には説明すればするほど、彼らはエキサイトします。あなたの素性《すじょう》まで調べられたら大変です。放《ほう》っておくのが一番でしょう」

ため息混じりの声で言う。オレは、

「でも、マクシミリアンは滑ったオレを支えてくれただけだし、オレはただのカメラマンで、マクシミリアンの恋人なんかじゃない」

オレが言うと、マクシミリアンが驚いたようにオレを振り向く。どこか呆然《ぼうぜん》とした顔には、深く傷ついたような表情が浮《う》かんでいて……なぜかドキリとする。

……なんで？　なんでそんな顔をするんだよ？

なぜか、そのまま鼓動《こどう》が速くなる。

……オレ、何か悪いこと言った？

「……そう……だな」

彼はふいにオレから目をそらす。そしてシートに深く座り直し、前を見つめて言う。

「私は、転びそうだった君を支えただけ。深い意味などないな」

やけに冷たい口調で言われた言葉が、なぜかオレの心に突《つ》き刺《さ》さる。

……あれ……？

心がズキズキと痛んで、オレは驚いてしまう。

……なんでオレ、傷ついてるわけ？

「ええと……」

オレは、なぜか激しく痛んでる心をごまかそうと、カメラケースを胸に抱《かか》え込む。

「オレ、もう日本に帰った方がいいよね。これ以上いたら、あなたに迷惑をかけるし……」

「それは許可しない！」

マクシミリアンが強い口調で言い、オレは驚いてしまう。彼はものすごく怒《おこ》った顔でオレの肩《かた》を摑《つか》む。

「こんな状態のまま日本に帰るなんて、絶対に許さない！　私は……」

彼はふいに言葉を切り、それから苦しげに眉根《まゆね》を寄せる。しばらく黙《だま》ってから、オレの肩からふいに手を放す。

「……大声を出してすまない。私は少し苛々《いらいら》しているようだ」

彼は言って深いため息をつく。手で髪をかき上げながら、

「多分、モンテカールのマリーナでも彼らは待ち伏《ぶ》せするだろう。今夜はホテルをとろう」

「わかりました。でしたら、少し手前のニースにホテルを取りましょう」

コンスタンタンが言って、携帯電話を取り出す。マクシミリアンはオレを振り向いて、

「ずっとクルーザーの中、しかも私と同じベッドで寝《ね》かせられていて疲れただろう？　今夜は一人でゆっくりベッドを使ってくれ」

……え？

オレは、彼の言葉に驚《おどろ》いてしまう。

ずっと師匠《ししょう》と同居していたせいか、オレは誰《だれ》かと同じ部屋で眠《ねむ》ることに全然抵抗《ていこう》がない。それどころか、師匠が亡《な》くなって一人暮らしになってから夜一人で寝るのが嫌《いや》で仕方なかった。眠れない夜も多かった。だから、この国に来て、マクシミリアンのベッドに入れてもらって……すぐ近くにある体温とか、誰かの寝息とかが、なんだかすごく嬉《うれ》しくて……。

……そういえば、この国に来てから毎晩ぐっすり眠っていた。だけど……。

「そうだよね、たまには一人がいいよね」

オレは、落ち込んでいることに気づかれないように、必死で明るい声を出す。

「あなたもゆっくり身体《からだ》を伸《の》ばしたいだろうし」

……彼は、オレがいることが、迷惑で窮屈《きゅうくつ》だったんだろうか？

◆

コンスタンタンが予約してくれたホテルは、高級リゾート地として知られるニースにある中でも最高級のホテルだった。観光客が行《ゆ》き交《か》う繁華街《はんかがい》からは少し離れた高台、地中海を見下ろす場所に建っている。

オレが泊《と》まることになったのは、このホテルで最高の最上階のスイート。一番広い部屋には王子様であるマクシミリアンが泊まるべきだと主張したんだけど、「君は私のゲストだ」と言い切られ、ここに泊まることになってしまった。オレの部屋の両側にはSPとコンスタンタン、向かい側にあるジュニア・スイートにマクシミリアンが泊まることになった。

……こんな広い部屋に一人、落ち着かない……。

風呂上《ふろあ》がりのオレは、ため息をつきながらバスローブを着る。裸足《はだし》で大理石の床《ゆか》を踏みながら専用リビングに出て、そのだだっ広さに気圧《けお》されながら歩く。部屋の隅《すみ》にあるミニバーの冷蔵庫から缶《かん》のコーラを出す。それを持ってテラスに出て、手摺《てす》りに肘《ひじ》を載《の》せて缶のプルトップを引き、眼下に広がるニースの夜景を眺《なが》めながらコーラを飲む。

『私は、転びそうだった君を支えただけ。深い意味などないな』

マクシミリアンの、どこか突き放すような冷たい声が脳裏《のうり》に蘇《よみがえ》る。

……そう、彼はモンテカール国の王子様で、オレはただの撮影《さつえい》旅行中のカメラマン。オレと彼が一緒に行動することに深い意味なんかない。それはもちろん当然のことだ。なのにオレ、なんでこんなに暗い気持ちになってるんだろう？

たしかにオレとマクシミリアンは同じベッドで眠ったり、お互《たが》いのアレを愛撫《あいぶ》しあったりしたことがある。それは快感に不慣れなオレにとってはものすごく衝撃《しょうげき》的で、忘れられないくらい気持ちのいいことだった。でも……。

……マクシミリアンは、あんなにハンサムで、世界中の女性が憧《あこが》れる王子様で、しかも成熟したオトナ。彼にとって、あれはちょっと目先の変わった、ただのマスターベーションの延長でしかないんだろう。

彼の指で施《ほどこ》される濃厚《のうこう》な愛撫が脳裏をよぎり、オレの心が激しく痛む。

……たしかに、彼との行為《こうい》は本当に気持ちよかった。愛撫だけじゃなくて、彼のキスも、抱《だ》き締《し》めてくれる逞《たくま》しい腕《うで》も、いい香《かお》りがする胸も……。

オレは思い出し……それからドキリとする。

……オレが日本に帰ったら、彼はもちろん誰か別の人を抱き締めるようになる。

思っただけで、なぜか心が痛んで、全身から血の気がひくような気がする。

『オレはただのカメラマンで、マクシミリアンの恋人なんかじゃない』

それはオレが自分で言った言葉だ。しかも……何も間違《まちが》っていないはず。

……なのに、なんでこんなに傷ついているんだろう、オレ？

オレの胸をいっぱいにしてるのは、熱くて、甘くて、でもすごく痛い想《おも》い。

……ああ……これは、いったいなんなんだろう……？

マクシミリアン・クリステンセン

『オレはただのカメラマンで、マクシミリアンの恋人《こいびと》なんかじゃない』

駆の口から出た言葉が、私の心に深く突き刺さっている。

ニースのホテル。最上階のジュニア・スイート。風呂上がりの私は、バスローブを着てテラスに置かれた布張りのチェアに座り、ミネラルウォーターを飲んでいる。

……向かい側にあるスイートには、駆がいる。

私は夜景を見つめながら、深いため息をつく。彼のことを思うだけで、心が燃え上がりそうに熱くなる。そして心に突き刺さった何かが激しく痛む。

駆はベッドに入ると、いつもとてもぐっすりと眠る。枕《まくら》を抱き締めて眠る癖《くせ》、とても無邪気《むじゃき》な彼の寝顔《ねがお》を思い出すだけで……何かが壊《こわ》れてしまいそうだ。

……私は……恋をしているのだろうか……？

私は呆然と思い、残っていたミネラルウォーターを飲み干す。

『オレ、もう日本に帰った方がいいよね』

駆の言葉が耳に蘇り……私はきつく眉根を寄せる。手の中のペットボトルが、クシャリと音を立てて潰《つぶ》れる。

……なぜ、そんなことを平気で言えるんだ？

私は安らかに眠っているであろう彼に、心の中で問いかける。

……君にとって、私との時間は意味のないものだったのか？

愛撫した時の甘い喘《あえ》ぎ、蜜《みつ》を垂らして反り返る屹立《きつりつ》、快感に震《ふる》える身体。ばら色に染まる唇《くちびる》から漏《も》れる、淫《みだ》らに誘《さそ》う言葉。

本来なら、彼は自分の運命の女性を見つけ、求愛し、快楽を分け合うべきだ。だが人並みはずれて純情な彼は、そうすればいいことに気づいていない。彼の若い身体の内側には欲望《よくぼう》が燃え上がり、しかし彼はそれを正しく処理する方法を知らない。私はそれをいいことに、彼を愛撫し、我を忘れさせ、誘う言葉を強要し……。

私の良心が、ズキリと痛む。

……自分がひどい人間だということは解《わか》っている。だが、もしも彼を失ってしまったら、私はきっと一生後悔《こうかい》するだろう。

私は目の前に広がる夜景を見ながら、深いため息をつく。

……たとえどんなに拒絶《きょぜつ》されても、それでどんなにつらい思いをしても……この気持ちを、逃《に》げたりせずに彼にきちんと伝えるべきなのではないだろうか……？

須藤 駆

結局、オレは一晩中眠れずに朝までテラスで海を見ていた。今朝、ホテルのメインダイニングで顔を合わせてマクシミリアンもなんだか疲《つか》れた顔をしていて……彼も眠れなかったのかな、と思う。

……きっと、しつこくパパラッチ達に追いかけられることで消耗《しょうもう》してるんだ。

オレの中に、無責任な噂《うわさ》を広めているゴシップ誌に対する怒《いか》りが湧《わ》き上がる。

マクシミリアンは、オレをいろいろな場所に案内してくれながらも、きちんと仕事をしているらしい。彼が夜遅《よるおそ》くまで電話で指示を与《あた》えていたり、コンピューターの前に座って資料を作っていたりするのをオレは知ってる。

……こんなに頑張《がんば》ってるマクシミリアンが、どうしてひどいことを言われなきゃいけないんだろう？

その日一日、オレ達はホテルで過ごした。マクシミリアンとコンスタンタンは部屋で忙《いそが》しく仕事をしていたみたい。オレは眠ることもできず、かといって部屋から出ることもできず、呆《ぼう》然《ぜん》とテレビを見て過ごした。

そして久々に見たテレビで……アンジェリカ・デイヴィスと、そのエージェントのインタビューを見てしまった。いかにもやり手って感じの女性エージェントは、マクシミリアンからのプロポーズがどんなに熱烈《ねつれつ》だったか、それを裏切るのはどんなにひどいことかを熱弁していた。どうやら彼女はマクシミリアンに莫大《ばくだい》な慰謝料《いしゃりょう》を請求《せいきゅう》するつもりらしい。テレビドラマではいかにもキャリアウーマン風だったアンジェリカは、インタビューではなんだか暗い顔をして、言葉少なで、すごく疲れているみたいに見えた。

……彼女は、もしかしたら嘘《うそ》をついたことに対する罪悪感にさいなまれているんじゃないだろうか？

ホテルのメインダイニングの個室で夕食を終えたオレとマクシミリアン、コンスタンタンとSP達は、モンテカールに戻《もど》るためにエレベーターでロビーに降り、チェックアウトを終えた。車寄せに停《と》まっているリムジンに乗り込もうとした時……。

「来たぞ！　プリンス・マクシミリアンだ！」

「カメラ、早くして！」

車寄せの向こう側から、パパラッチや記者達が走ってくる。

「しまった。撒《ま》けたと思ったんですが……昨夜《ゆうべ》、尾行《びこう》されていたんでしょうか？」

コンスタンタンが青ざめながら言う。

「彼についてお話を聞かせてください！」

「彼はまだ未成年じゃないんですか？」

「オレは二十一歳！　ちゃんと成人してる！」

つい叫《さけ》んでしまい……記者たちが目を丸くしたのを見て、しまった、と思う。オレが質問に答えたと思った記者達は目をキラキラさせながらオレに押し寄せる。

「あなたはプリンスの恋人ですか？　答えてください！」

「違《ちが》うっ！」

オレは言うけれど、記者達はまったく意に介《かい》さずにオレに質問を次々に浴びせてくる。

「ということはあなたもゲイですか？」

「外国人のようですが、財産目当てと言われることは怖《こわ》くはありませんか？」

マイクを持って突進《とっしん》してきた記者が、オレの足をギュウギュウ踏《ふ》んづける。それだけならまだしも……。

「ちょっと、押すなってば！」

押し寄せてきた記者達に勢いよく押され、寝不足《ねぶそく》で目眩《めまい》がしていたオレはよろけてしまう。

マクシミリアンが支えようとして手を伸《の》ばしてくれたけど間に合わず、オレはそのまま道路に倒《たお》れる。必死で抱き締めて守るけど、大切なカメラケースの底がアスファルトに擦《こす》れる。

「カケル、大丈夫《だいじょうぶ》か？」

LEICA

駆《か》け寄ろうとするマクシミリアンを押しのけるようにして、記者達がオレにマイクを突《つ》きつける。最前列に押し出されてきた記者の靴《くつ》が、オレの大切なカメラケースを蹴《け》り……。

「これにはオレの大事なものが入ってるんだ！　気をつけろっ！」

オレが本気で怒りながら叫ぶと、驚《おどろ》いたように記者達が動きを止める。マクシミリアンが驚いた顔をするのが見えたけれど、もう止まらない。

……あんまり言いたくないけど……こんな時なら師匠《ししょう》も許してくれるだろう！

オレは地面に置いたカメラケースから、カメラを取り出す。よろけながら立ち上がり、手を上げてそれを記者達に見せながら、

「うるさいから黙《だま》ってようと思ったけど、もう我慢《がまん》できない！……オレはカメラマンだ！　プリンス・マクシミリアンの協力で、モンテカール公国のいろいろな場所を撮影《さつえい》してるっ！　それが、なんでゲイの恋人になるんだよっ！」

記者達は、驚いたようにカメラとオレの顔を見比べる。

「あんたたち、記者だろう？　ちゃんと確認《かくにん》したのかよ？　そもそも、プリンス・マクシミリアンがアンジェリカ・デイヴィスにプロポーズしたっていう証拠《しょうこ》はどっから出たんだ？　きちんと裏を取った人間がいるのか？　事務所の人間じゃなくてアンジェリカ・デイヴィス本人から直接話を聞いたヤツが、この中に一人でもいるのかよ？」

彼らは呆然とした顔でオレを見つめ、それから顔を見合わせている。

……やっと解ってくれた？

一瞬《いっしゅん》希望を抱《いだ》くけど……。

「君みたいな若造がプリンス公認で写真を？　信じられないな。古びたカメラだけど、お父さんのを借りてきたんじゃないのか？」

オレのカメラケースを蹴った遊び人風の金髪《きんぱつ》のカメラマンが、馬鹿《ばか》にしたように言う。オレはまた頭に血が上りそうになり……。

「待て」

いきなり低い声が響《ひび》き、一人のカメラマンが一歩前に出てくる。二メートル近い長身でほかのカメラマンよりも頭半分でかい。さらに無精《ぶしょう》ひげを蓄《たくわ》えているせいでやけにいかつい。彼はオレのカメラをすぐそばでじっくりと見て……それから低い声で呟《つぶや》く。

「このカメラ、見たことがあるぞ。サワジ・アブダビル戦争の、最前線で。……間違《まちが》いない。ここに『ODA』と刻印されている」

彼は眉間《みけん》に深い皺《しわ》を寄せてカメラを見つめ、オレの顔と見比べる。

「彼の死後、そのカメラは彼の弟子《でし》に送られたと聞いた。ということは……おまえが、あのマサトシ・オダの弟子？」

その言葉に、そこにいたカメラマン達がザワッとどよめく。若い記者達を押しのけるようにして、ベテランカメラマン達が前に出てくる。

「本当か？　あの、ピューリッツァー賞を受賞したマサトシ・オダの？」

言われて、オレは深くうなずく。彼は気の毒そうな顔をして、

「そうか……。オダにはこんな若い弟子がいたんだな。本当に惜《お》しい人を亡《な》くした」

手を伸ばして、やけに大きな手でオレの髪《かみ》をクシャッと撫《な》でてから、周囲の記者やカメラマンを見回して、

「マサトシ・オダに心酔《しんすい》するカメラマンは多いと思う。彼に敬意を表して、その弟子の仕事の邪魔《じゃま》をすることはやめないか？」

彼の言葉に、オレは緊張《きんちょう》しながら身構える。今までの攻撃《こうげき》的な態度から、彼らが静かに引き下がるとはとても思えなくて……。

「それに……アンジェリカ・デイヴィスのエージェントに関しては、テレビドラマが始まる前に有名ミュージシャンとの恋《こい》をでっち上げたという前科がある。今回も『セックス＆ホット・ラヴ』の映画化を控《ひか》えているのでデマではないかという噂もある。事実、このゴシップのおかげで映画の前売りがバカ売れしているそうじゃないか」

「……そうだな。あの事務所の証言に関しては、実はうちの社も懐疑《かいぎ》的だった。この際、一から洗い直した方がいいかもしれないな」

東洋系の顔立ちをした年配のカメラマンがため息混じりに言う。

「マサトシ・オダとは、十年前、パキスタンで一緒《いっしょ》になったことがある。かなりひどい食中毒

で苦しんでいた私を、つききりで看病してくれた。彼はそのせいで政府高官のスクープを撮《と》り損《そこ》ねたはずだ」

がっしりとした欧米人《おうべい》のカメラマンが一歩前に出て、オレをまじまじと見つめる。

「俺は五年前、南米で一緒になった。麻薬《まやく》カルテル絡《がら》みの取材だったが、地元のギャングに目をつけられて襲《おそ》われそうになったところを彼が連れて逃《に》げてくれた。彼には恩がある」

彼らの言葉に、オレの心がジワリと熱くなる。

……彼らが言っている時期、オレはまだ師匠のことを知らなかった。だけどやっぱり、昔から師匠は師匠で……。

ずっと心の奥に封印《ふういん》していた何かの感情が、急に湧《わ》き上がってきそうになる。

……いや、何を封印しているのか、よく解《わか》らないんだけど。

「というわけで」

最初にカメラのことに気づいてくれた大柄《おおがら》な男性が、オレをかばうように立ち、カメラマンや記者達を見回しながら言う。

「彼の仕事の邪魔をするのはやめないか？　もうすぐモンテカール・グランプリが始まるし、モンテカールは今、各国の国賓《こくひん》や有名なF1パイロット達でいっぱいだ。意味もなくプリンスを追いかけるよりも、そっちの撮影や取材に集中する方が得策だと思うんだが」

「まあ……プリンスとカメラマンとのツーショットをいくら撮っても意味がないよなあ。とりあえず、うちの社は抜《ぬ》けるわ」

　後ろの方にいたカメラマンがため息をついている。リポーターがマイクを下ろしながら、

「うちも抜ける。なかなかよく撮れてたと思うんだが……あのマサトシ・オダの弟子の写真を掲載《けいさい》してしまったら、世界中のカメラマンから恨《うら》まれそうだ。手っ取り早く金になるスクープよりも、きちんとしたマスコミとしてF1の取材に集中した方がいいかもしれないな」

　彼らはうなずき、口々にオレに声をかけて踵《きびす》を返す。

「本当にいいのか？　うちがまたスクープを独占《どくせん》するぞ？」

　馬鹿にしたように言ったのは、遊び人風の金髪のカメラマン。オレのカメラケースを蹴った憎《にく》らしい男だ。彼の腕章《わんしょう》に『G－PRESS』という名前が印刷されているのを見て、オレはハッとする。あの記事を出し、俺の写真が載《の》った号外をだした新聞は、たしか『G－PRESS』だった。そして……。

　オレは、あの時に撮っていた自分の写真を鮮明《せんめい》に思い出す。たしか魚屋の屋台の向こう側、市場の喧騒《けんそう》の中に、こんな金髪の男が写っていた気がする。

「……もしかして、おまえが、オレとプリンス・マクシミリアンのツーショット写真を撮った本人か？」

　オレは、その男に思わず言ってしまう。

「オレは市場で撮影をしていて、氷で足を滑《すべ》らせた。転びそうになったところをプリンス・マ

クシミリアンが抱《だ》き留《と》めてくれた。おまえだけじゃなく、市場の人はみんな見てたぞ。魚屋のおじさんに証言してもらおうか？」

オレが言うと、その男は目に見えて動揺《どうよう》しながら、慌《あわ》てたように踵を返す。

「たしかにあの写真を撮ったのはあいつだ。スクープを撮ったと自慢《じまん》していたからな。しばらく一緒だったが……ろくに写真が撮れないごろつきだ」

最後に残っていた大柄なカメラマンが、オレの肩《かた》にポンと手を置いて言う。

「なんか……すみません。それに……」

オレは手の中のカメラを見下ろして、

「師匠のカメラなんか見せたりして、あんまりいいやり方じゃなかったな」

「そんな顔をして。マサトシ・オダが亡くなったことが本当にショックなんだな。だが、あまり無理をしない方がいいぞ」

彼は心配そうな声で言って、そのまま踵を返す。オレは少し驚いてしまいながら、

「何を言ってるんだろう？　オレ、無理とかしてないのにな」

それからずっと黙っていたマクシミリアンを振《ふ》り向いて、

「でも、うるさかった取材がいなくなって、ちょっとホッとした」

マクシミリアンはオレを見下ろし、それからやけに真剣《しんけん》な声で、

「無視すればいいとはいえ、やはりかなりのストレスだった。無駄《むだ》な取材をさせるのは気の毒

だし、彼らは軽自動車やバイクを使ってかなり無茶《むちゃ》な撮影《さつえい》をしようとする。彼らが事故を起こして怪我《けが》などをしたら大変だった」

彼の琥珀色《こはくいろ》の瞳《ひとみ》が、真っ直《す》ぐにオレを見つめる。

「全員が納得《なっとく》したかはまだわからないが……今後はかなり危険は減ると思う。君のおかげだ。どうもありがとう」

オレの鼓動《こどう》が、トクン、と跳《は》ね上がる。

……彼はただ取材がうるさかったんじゃなくて、彼らが怪我をしたりしないか心配していたんだ……。

そして、そのまま鼓動がどんどん速くなる。

……やばい、オレ、なんでこんなにドキドキしてるんだろう？　それに……。

胸の中に膨《ふく》れ上がる激しい感情に、オレは戸惑《とまど》っていた。

……この複雑な気持ちは、いったいなんなんだろう？

「クルーザーに戻《もど》ろう。泣きそうな顔をしている」

マクシミリアンがふいに言い、オレは驚《おどろ》いてしまう。

「泣きそう？　なにそれ？」

オレは笑おうとするけれど、なぜかうまく笑えない。

……本当にどうしたんだろう、オレ？

◆

「明日の木曜日からは、公道でのフリー走行が始まる」

マクシミリアンが、シャンパンのグラスを傾《かたむ》けながら言う。ここは、彼のクルーザーの最上部にある甲板《かんぱん》。かなり高い位置にあるから、ほかのクルーザーに乗っているSP達からはオレ達の様子を見ることはできないだろう。オレとマクシミリアンは帆布《ほぬの》が張られた、足をゆったりと伸《の》ばせるタイプのテラスチェアに並んで座り、煌《きら》めくモンテカールの夜景を見ている。

「パイロット達は、今頃《いまごろ》、緊張してるだろうなあ」

オレは言ってグラスを傾けて泡立《あわだ》つシャンパンを飲み、その豊かなブドウの香《かお》りと滑《なめ》らかな泡《あわ》、そして芳醇《ほうじゅん》な味わいに驚く。

「うわ、美味《おい》しい。これ、なんてシャンパン？」

彼は二人の間に置かれたテラステーブルに手を伸ばし、氷が満たされた銀のシャンパンクーラーからボトルを引き出す。それは見たことのないブルーのラベルが貼《は》られていて、そこには向かい合う金色の獅子《しし》……モンテカール大公爵《こうしゃく》家の紋章《もんしょう》が描《えが》かれていた。

「それって……」

「シャンパーニュ地方ではなくこの国で造られたものなので、正確にはシャンパンではなくてスパークリングワインと呼ぶ。銘柄《めいがら》は『モンテカール・グランプリ』。モンテカール・グランプリの決勝後、ガラパーティーのために造られたスパークリングワインだ。もちろん、表彰台《ひょうしょうだい》の上でF1パイロット達が頭から被《かぶ》り、その後で飲むのもこれだ」

「うわあ、そうなんだ。ちょっと待って」

オレはなんだか感動してしまいながら、膝《ひざ》の上に載《の》せていたカメラを持ち上げ、絞《しぼ》りをうんと開けた夜景モードで、スパークリングワインのラベルを撮影する。バックは煌めくモンテカール湾《わん》。ボトルのネックを掴《つか》んだ彼の指が写り込んでいて……その指の長さと滑らかな肌《はだ》に、なぜかまた鼓動が速くなる。

「こんなものの写真も撮るのか？」

ボトルを氷の中に戻しながら不思議そうに言う彼に、オレは、

「こんな写真まで売る気はないよ。オレの個人的な記念」

オレは美味しいスパークリングワインを味わいながら、夜景に目を移す。そして覚えこんだスケジュールを思い出しながら、

「明日のフリー走行は、十一時からと十四時から、十八時からと二十一時からの四回だよね。金曜日がモンテカール大公主催《しゅさい》のパーティー、土曜日がフリー走行と公式予選、それから日曜日が決勝……だよね？　すごく忙《いそが》しいだろうな。でも……」

オレは隣《となり》に座っている彼に視線を移しながら言う。

「あなたのおかげで、すごく有意義な旅になりそうだよ。本当にありがとう」

オレがお礼を言うと、彼はなぜだかとても辛《つら》そうな顔をする。

「グランプリが終わったら、どうするつもりだ？」

「え？」

その言葉に、オレはドキリとする。

……彼との時間はすごくリッチで、煌びやかで、現実離《げんじつばな》れしている。オレは日本での、貧乏《びんぼう》で、寂《さび》しく、とても現実的な暮らしとのギャップに、今さらながら呆然《ぼうぜん》とする。

「ええと……撮影が終わり次第《しだい》、日本に帰るのが普通《ふつう》だよね」

オレは自分で自分を納得させようとうなずく。

「うん、日本に帰る。長い間、いろいろありがとう」

彼はなぜか少し呆然とした顔でオレを見つめている。

「あと、忙しいあなたにガイドなんかさせちゃってごめんなさい。日本に帰ったら、なんか美味しいもの、たくさん送るから……」

「その必要はない」

マクシミリアンがオレの言葉を遮《さえぎ》り、オレは少し呆然とする。それから苦笑《くしょう》して、

「あ……あなたは王子様なんだよね。お土産《みやげ》送るとか、そういうこと気楽にできる人じゃないんだよね」

マクシミリアンは、黙《だま》ったままオレを見つめる。

……本当に綺麗《きれい》な琥珀色の瞳。日本に帰ったら、もうテレビかグラビアでしか見られない、遠い人。

自分の中に不思議な感情が広がるのを感じる。それは、師匠《ししょう》が亡《な》くなった時にも似た、ひやりと冷たいものが胸につかえるような……。

オレは手を上げ、自分のシャツの胸のあたりを掴む。なぜだか胸が痛んで、耐《た》えられなくなりそうだったからだ。

……なんなんだろう、この感じ……。

「こんな状態の君を、一人で日本に帰すなんて、とてもできない」

彼がふいに苦しげな顔になって言い、オレを見つめてくる。

「君が師匠と呼ぶ、カメラマンの話をしてみろ」

「えっ？」

あまりにも唐突《とうとつ》な言葉に、オレは呆然とする。

「なんでここで師匠の話が？」

「彼の話をする時のおまえは、いつもとても不自然だ。何かを押し殺し、必死で耐えているように見える」

彼の言葉に、オレはドキリとする。ずっと心の奥に封印《ふういん》していた何かが、また爆発《ばくはつ》しそうになる。

……でも、オレは……。

「別になんにも耐えてないよ」

「そんな顔をして。なのになぜ泣かない？」

「泣くって……どうして？　あなたと離《はな》れるのが泣くほど辛いだろうって？」

「そうではない」

彼はどこか苛立《いらだ》たしげな声で言って、オレの顎《あご》を持ち上げる。

「師匠が亡くなって辛いんだろう？　なぜその感情を押し込めようとする？」

真っ直ぐに見つめられて言われて、オレの中で何かがプツンと切れる。自分の心をかき乱そうとする彼に、怒《いか》りを覚えながら睨《にら》みつける。

「オレにはそういう感情は湧《わ》いてこないんだ。それとも、あなたの前ではお気に召《め》すように演技しなきゃだめですか、プリンス・マクシミリアン」

オレの唇《くちびる》から、嫌味《いやみ》な響《ひび》きの言葉が勝手に出てしまう。彼の眉間《みけん》に深い皺《しわ》が寄ったのを見て、オレは少し青ざめる。

……彼は泊《と》まる場所のないオレに寝床《ねどこ》を提供してくれて、いろいろな場所に連れて行ってくれて、さらに心配までしてくれて……なのにオレ……。

「私に嫌味を言って気が晴れるなら、いくらでも言うといい。そのほうがずっとマシだ」

彼は厳しい顔をしたまま言い……それからふいにオレから目をそらす。

「すまない。私は大人気ないな」

彼は言って、オレの顎《あご》から手を放す。その声がなんだかものすごく辛そうに聞こえて、オレの心がズキリと痛む。

「いや……ごめんなさい、オレこそ失礼なこと言っちゃって」

オレはため息をつき、それから、

「わかったよ。師匠の話をする。よかったら聞いてくれる？」

オレが言うと、彼は少し驚《おどろ》いた顔をし、それからうなずく。

「師匠はオレの父さんの親友だった人で、名前は織田政利」

彼の名前を出すたびに、オレの心の奥のどこかが鈍《にぶ》く痛む。

「彼は一年前、若い頃《ころ》によく撮影《さつえい》をしていた中東にまた行くと言い出し、止めるのも聞かずに出かけていった。無差別テロとか内戦に巻き込まれるんじゃないかとものすごく心配したんだけど……やっぱり無事では帰らなかった」

オレはその報《しら》せを聞いた日のことを鮮《あざ》やかに思い出す。電話は日本の大使館からで、師匠が現地で亡くなったという報せだった。それを聞いた瞬間《しゅんかん》から、オレの時間は停止してしまった気がする。

「お葬式《そうしき》は、彼の親族がやった。師匠は身寄りのなかったオレを引き取ってはくれたけれど、親子として籍《せき》を入れていたわけではなかった。『二十歳《はたち》になったらおまえが選べ』って言って。まあ……オレの誕生日の三日前に、彼は亡くなっちゃったんだけどね」

オレは、奇妙《きみょう》に空虚《くうきょ》だった二十歳の誕生日のことを思い出す。オレは一人でいるのが気が進まなくて、いつものようにバイトに行った。夜中に帰ってきて、師匠と一緒《いっしょ》に暮らした部屋で……朝まで呆然としていたのを覚えてる。

「お葬式の日時と場所だけは教えてもらえたけど、親族の席に座ることはできなくて普通の参列者と一緒に並んでお焼香《しょうこう》をした。師匠は実は資産家一族の一員だったみたいで、オレはどうやら財産目当てで師匠に擦《す》り寄ったと思われていたらしい。師匠の親族の冷たい目に、心が凍《こお》りそうだったことを覚えてる。師匠と一緒に住んでた部屋もすぐに解約されてしまった。遺品は何一つもらえなかった」

オレはあの日のことを思い出して、震《ふる》えるため息をつく。

「それから二カ月位して、師匠が仕事をしていた出版社から『渡《わた》したいものがあるから会ってもらえないか』という電話をもらった。向こうで一緒に行動して、師匠の最期《さいご》を看取《みと》った外国人カメラマンがいたんだけど……師匠の最後の言葉が『このカメラを日本にいる弟子《でし》に送って欲しい』だったんだって。カメラマンは師匠の遺言《ゆいごん》を守るために出版社に連絡《れんらく》を取り、出版社にカメラを送って来た。出版社の人はオレの引っ越《こ》し先を調べて、連絡をくれたんだ。オレはすぐに出版社に向かい、そしてこれを受け取った」

カメラを受け取った時、オレの時間はまた動き始めた気がしたけど……でもそれは少し現実からはズレていた気もする。

「師匠はガタイがでかかったから兵士と間違《まちが》われてテロリストに撃《う》たれたんだけど……最後までシャッターを切り続けてた。彼を撃った犯人の顔もしっかり写ってた。恨《うら》んでないといえば嘘《うそ》になるけど、テロリストの本拠地《ほんきょち》にいる犯人をオレがどうこうできるわけがない。師匠もそんなことは望んでない。だから犯人の画像は消した。まあ……目に焼きついてるけどね」

マクシミリアンが、とても気の毒そうな声で言う。

「彼のご冥福《めいふく》をお祈《いの》りする」

「どうもありがとう」

オレは彼にお礼を言って、頭を下げる。それから、

「彼は生前、いろいろな場所への撮影旅行を計画していたんだ」

彼は深くうなずいて、

「水族館の館長に、そんな話をしていたな」

「うん。二人でその計画を立てた時、オレはもちろん彼と一緒に行くつもりだった。でも……彼がもし生きていたとしても、彼はもう、オレを一緒に連れて行ってはくれなかったかもしれないな」

彼は少し驚いたようにオレの顔を見つめる。

「喧嘩《けんか》でもしたのか？」

「少し違う」

オレは少し言葉を切り、なんと言っていいのか考える。この話は、もちろん誰《だれ》にもしていない。ずっとずっと心の中にしまっておくべきだと思っていたことで……。

「……カケル。私にならなんでも言っていい」

また閉じそうになった心が、マクシミリアンの優《やさ》しい声でフワリと解けてしまう。

「師匠が中東に行く少し前、オレは師匠と一緒に日本国内の有名な温泉にいた。彼が滝《たき》の写真を撮《と》りたいって言うから行ったんだけど……でも、それほど大きな滝でもなくて、ちょっと不思議だった。しかも一泊《いっぱく》何万円もするようなすごくいい旅館が予約してあって、いつも貧乏《びんぼう》旅行ばっかりだった師匠にしてはすごく珍《めずら》しかった。まあ……少し前に終わった写真展の打ち上げも兼《か》ねているのかなって思ったんだけど……」

オレは、一緒に入った温泉とか、師匠がクロールの真似《まね》をして笑い転げたこととか、一緒に食べた豪華《ごうか》な料理とかを思い出して、胸がきつく痛むのを感じる。

「オレ達はいつものように同じ部屋に泊まっていて、二人の布団《ふとん》はすぐそばに敷《し》かれてた。オレは疲《つか》れていたこともあってすぐに寝入《ねい》ってしまったんだけど……気づいたら誰かにのしかかられていて、身動きができなかった」

マクシミリアンが、とても驚いた顔でオレを見つめる。オレはなんだか苦しくなって自分で自分の胸を押さえ、深呼吸をする。

「大丈夫《だいじょうぶ》か？　ムリなら……」

マクシミリアンの心配そうな声に、オレはかぶりを振《ふ》る。

「大丈夫。どうせなら、最後まで言わせて」

かすれた声で言って、何度か深呼吸をする。なんとか気持ちを落ち着けてから、

「最初は夢かと思った。だけど夢じゃなかった。師匠《ししょう》はオレを抱《だ》き締《し》めて、『駆、愛しているんだ』って言った。『親友の息子《むすこ》だとわかっている。だからあきらめようと思った。でもどうしてもダメなんだ』とも」

彼の切羽《せっぱ》詰《つ》まった声が、耳の奥に蘇《よみがえ》る。

……そういえば、気がついて振り返るといつも師匠と目が合った。師匠はいつでも優しい目をしてオレを見つめてくれていた。オレはずっと……それに気づかないふりをしていたんだ。

「オレは信じられなくて、精一杯《せいいっぱい》暴れて、『オレはゲイじゃない。あなたなんか嫌《きら》いだ』って言ってしまった」

オレは深いため息をついて、

「師匠は『そうか』って言って、すぐにどいてくれた。次の朝、師匠の態度はまったく普通《ふつう》で、オレは昨夜《ゆうべ》のあれは夢なんじゃないかって思った。だけど……東京に帰って二人で暮らしてた部屋に入る前、彼はオレの髪《かみ》を撫《な》でて『昨夜は驚かせてごめんな。もうあんなことはしない。

忘れてくれ』って言った。やっぱりあれは夢じゃなかったんだ」

オレはあの時の彼の寂《さみ》しげな表情を思い出して、胸が潰《つぶ》れそうになるのを感じる。

「それから一週間後、師匠は中東に旅立った。オレは何も知らずに、朝、ごく普通にコンビニのアルバイトに出かけて……成田空港からの電話で彼の出発を知った。『危険だから行かないでくれ』って必死で頼《たの》んだけれど、彼は『少し一人になりたい。すぐに戻《もど》ってくる』って言った。だからオレは彼が戻ってきたらきちんと話をしなきゃって思ってて……」

目の奥が痛んで、視界が潤《うる》む。オレは涙《なみだ》が溢《あふ》れるのを感じながら、かすれた声で言う。

「でも彼は戻ってこなかった。オレにとって……」

オレはきつく目を閉じ、俯《うつむ》きながら言う。

「……あの夜から後は、ずっと夢なんだ。師匠はずっとオレの師匠で、死んだなんていうのも全部夢で、だから悲しむことなんか……」

握《にぎ》り締めた拳《こぶし》に、パタパタと音を立てて熱い涙がこぼれた。

「……ない……はずなのに……」

「愛していた……のか？」

マクシミリアンが、低い声で聞く。オレは俯いたまま少し考えてから、

「彼はあまりにも近い存在だった。まるで本当の親子か、じゃなかったら年の離《はな》れた親友みたいに。例えば家族としてなら愛していたよ、すごく。でも……」

オレはその先が言えずにかぶりを振る。その拍子《ひょうし》に涙がハラハラと零《こぼ》れた。涙を手の甲《こう》で拭《ぬぐ》おうとするオレの手を、彼がそっと握って止める。

「目が赤くなる。擦《こす》らないで」

彼は言って立ち上がり、オレの脇《わき》の下に手を入れて立たせてくれる。そして……そのままオレを胸に抱き寄せる。オレの涙が、彼の上等のシャツの布地に吸い込まれていく。

「誰にも言えなかったんだな、可哀想《かわいそう》に」

彼が囁《ささや》いて、オレの髪をそっと撫でる。その手がやけに優しくて……オレは身動きすることもできなくなる。

「いい子だ、よく頑張《がんば》った」

鼻腔《びこう》をくすぐるのは、芳《かんば》しい彼のコロン。頬《ほお》が押し付けられたのは、筋肉質の逞《たくま》しい胸。オレはそのあたたかさに陶然《とうぜん》とし……そしてもう何も解《わか》らなくなる。

「……なんで一人で行っちゃったんだよ、師匠……！」

オレの唇《くちびる》から、ずっとずっと我慢《がまん》していた言葉が漏《も》れる。

「……男なら、ちゃんと勇気を出して、オレの答えを聞いてくれたらよかったのに……！」

きつく閉じたオレの瞼《まぶた》の間から、涙が溢れる。

「……愛してはなかった。でも、ものすごく尊敬してて、ものすごく大好きで、だからずっと一緒にいたかったのに……！」

溢れた涙が、彼のシャツをとめどなく濡《ぬ》らす。最高級の生地《きじ》でできた彼のシャツを汚《よご》したらいけないって……解ってるのに……。

「なんで死んじゃったんだよ――っ」

オレは思い切り叫《さけ》び……そして彼の胸に額を押し付け、そのまま声を殺して泣き続けた。

マクシミリアン・クリステンセン

彼の苦しげな告白に、私の心までが壊《こわ》れそうに痛む。

「愛していた……のか？」

私の唇から、知らずに言葉が漏れてしまう。彼はかすれた声で、

「彼はあまりにも近い存在だった。まるで本当の親子か、じゃなかったら年の離れた親友みたいに。例えば家族としてなら愛していたよ、すごく。でも……」

言いかけて、その先が言えないのかそっとかぶりを振る。彼の滑《なめ》らかな頬を伝った涙が、月の光に煌《きら》めきながら散る。彼が手で涙を拭おうとしていることに気づいて、私は手を伸《の》ばしてそれを止める。

「目が赤くなる。擦らないで」

私は言って立ち上がり、彼の両腕《りょううで》の下に手を入れてそっと立ち上がらせる。そしてたまらなくなりながら、彼の身体《からだ》を抱き寄せる。彼の頬が私の胸に押し付けられ、私のシャツの布地に彼のあたたかな涙がゆっくりと浸《し》みてくる。

「誰《だれ》にも言えなかったんだな、可哀想に」

私はどうしていいのか解らずに、彼の髪をできるだけ優《やさ》しく撫でてあげる。

……ああ、私は一国の王子で、次期元首だというのに……。

私は、彼の髪を撫でながら思う。

……この青年を慰《なぐさ》める方法すら、解らない……。

「いい子だ、よく頑張った」

私の唇から、勝手に言葉が漏れる。

……どうやったら、彼を少しでも慰められるのだろう？　いや、何を言っても、彼の心を慰めることなどできないのだろうか？

「……なんで一人で行っちゃったんだよ、師匠……！」

私の胸に頬を埋《うず》めたまま、彼が苦しげな声で呟《つぶや》く。

「……男なら、ちゃんと勇気を出して、オレの答えを聞いてくれたらよかったのに……！」

私のシャツに彼の涙が浸み、私の肌《はだ》を熱く濡らす。

「……愛してはなかった。でも、ものすごく尊敬してて、ものすごく大好きで、だからずっと一緒《いっしょ》にいたかったのに……！」

彼は大きく息を吸い、私の胸の中で叫ぶ。

「なんで死んじゃったんだよ――っ！」

私は愛《いと》おしさと憐憫《れんびん》に耐《た》え切れず、彼の身体をまた抱きしめる。彼は私の胸に額を押し付け、そしてそのまま声を殺して泣き続け……。

◆

「……さっきはごめんなさい、泣いたりして」

バスローブを着てバスルームから出てきた彼が、小さな声で謝ってくる。

目の周りがまだ赤いところを見ると、シャワーの中でもまた泣いていたのかもしれない。

あれから彼は、ずっと我慢していたものを吐《は》き出すようにとても長い間泣き続けた。それから「泣きすぎて目が痛くなっちゃった。シャワー、浴びていい？」と言って、やっと私の胸から顔を上げた。

「でも……ずっと我慢していたものを吐き出せて、不思議なくらいすっきりした」

彼が言って、私を見つめてくる。

「どうもありがとう」

赤くなった目、涙に濡れた睫毛《まつげ》を見ただけで、私の中に不思議な感情が湧《わ》き上がった。

……私なら、彼をこんなふうに悲しませたりしない。

私は、彼を見つめたままで呆然《ぼうぜん》と思う。

……宝石のように大切にして、そして絶対に辛《つら》い思いなどさせない。

ベッドに座っていた私は、立ち上がって彼の方に歩く。少し驚《おどろ》いた顔をする彼の身体を、たまらなくなってそっと抱き締《だし》める。

「カケル」

囁いて、まだ濡れている彼の髪《かみ》にそっとキスをする。

「私は、君のことを愛してしまったかもしれない」

私の唇から、正直な気持ちが零《こぼ》れる。彼はとても驚いたように身体を震《ふる》わせ、

「あなたが？　オレを？」

顔を上げ、私を真っ直《す》ぐに見つめてくる。私は、

「君は、この私のことをなんとも思っていないのか？　愛撫《あいぶ》されてあんなに気持ちよさそうに放ち、キスであんなに甘く呻《うめ》き、しかも日本に帰るといったとたんにあんなに寂《さび》しそうな顔をしたくせに？」

「え？　いや……なんともってことはないけど……」

「それなら好きか？　はっきり言え」

指で顔を持ち上げると、彼はさらに混乱した顔になる。

「はっきりって言われても……少なくとも嫌《きら》いじゃないよ。嫌いな男にあんなところを触《さわ》らせないし、嫌いな男のアソコを扱《しご》いたりしない。っていうか、もともと嫌いだと思ったら一緒に

行動しないし……」

「それなら……」

「でもっ！」

彼は、私の言葉を遮《さえぎ》る。少し考えてから、

「オレ、ずっと男子校だったし、それでなくてもずっと写真に夢中でカノジョとかいたことないんだ。そもそも恋《こい》がどういうものかわからない。だから今の自分の気持ちがなんなのか、わからないんだ」

「それなら、考えてきちんと答えてくれ」

私は、彼の黒曜石のような瞳《ひとみ》を見下ろしながら囁《ささや》く。

「私を、どう思っているのか」

彼は私を見上げ……それから小さくうなずく。

「わかった。オレの心の中にある不思議な気持ちがなんなのか、ちゃんと考えてみる」

駆は胸に手を当てて、小さくため息をつく。

「あなたを見てると、ドキドキして、甘くて、でもなんだか苦しい気持ちになるんだ」

……それは恋だ。君は私に恋をしている。

私は言いそうになるが、答えを言わずに口を閉じる。

……ああ……この美しい青年が私を本当に愛してくれていたら、どんなに幸せだろう。

須藤　駆

木曜日、モンテカール公国は晴天。市街のメインストリートはレーシングコースに早変わりし、モンテカール・グランプリ前のフリー走行が行われている。街にはF1マシンの雄々《おお》しいエキゾーストノートが響《ひび》き渡《わた》り、コース周辺にはタイヤが焼けるにおいが漂《ただよ》い……それだけでも、心がワクワクしてくる。

オレ達がいるのは、パドックと呼ばれるピット裏。芝生《しばふ》が敷《し》かれ、ガーデンテーブルが並べられたそこでは、取材が行われたり、選手やピットクルーが食事を摂《と》ったりしている。今も、そこここでF1パイロットへの取材が行われていて、チーム・マクリーレンのルイス・ハイム、チーム・フェリーラのキム・ライヒネン、チーム・ルナーのフェルディナンド・アロンゾなど……誰《だれ》が今回の勝者となってもおかしくない、見るだけで失神しそうな有名選手の顔が並んでいる。彼らは、マクシミリアンの顔を見ると立ち上がって丁寧《ていねい》に挨拶《あいさつ》をする。マクシミリアンは彼らに挨拶を返し、激励《げきれい》の言葉をかけている。

「オレ一人じゃ、一生かかっても絶対にこんなところには入れなかった」

オレはドキドキしてしまいながら、マクシミリアンに囁く。

「あなたに感謝しなくちゃ」

今日のマクシミリアンは、いつものフォーマルなスーツではなく、鮮《あざ》やかなブルーの麻《あさ》のシャツに白のチノパン、白のデッキシューズ。レース会場にあわせたスポーティーな格好が彼の完璧《かんぺき》な体形を引き立てていて……こういう格好もやけに似合う。

オレは到着《とうちゃく》一日目についつい買ってしまった、今年のモンテカール・グランプリの公式ポロシャツとキャップ。いろいろなチームのワッペンがついていてなかなか可愛《かわい》い。そして蒸《む》し暑いことを想定して膝丈《ひざたけ》のパンツ。いかにもミーハーっぽいかと思ったけれど、パドックはお祭り騒《さわ》ぎで、同じような格好の記者やスタッフがたくさんいてちょっと安心した。それにこのポロシャツを着ているとF1パイロットやスタッフが「どこのファン？　うちのチームだろ？」とか気軽に声をかけてくれてとても楽しい。いかにもベテランって感じのカメラマン達がひしめく中、オレみたいな若造がカメラを提《さ》げているのがきっと珍《めずら》しいんだろう。

パドックからは、ピットで整備中のレーシングマシンを見ることができて……オレはとても美しいそれに思わず見とれてしまっている。

「……インディーなら師匠《ししょう》と一緒に見たことがあるんだけど、やっぱりF1マシンは迫力《はくりょく》が違《ちが》うよね」

F1っていうのは、正式名称《めいしょう》がフォーミュラ・ワン。国際自動車連盟（FIA）が公認《こうにん》する自動車レースのことで、フォーミュラ（規格）のカテゴリー1であることを示している。

そしてF1グランプリは、十チーム、二十名のドライバーが、八カ月をかけて世界中を回るレース。世界十七カ国、十九戦が行われる。レースの成績はポイントで計算され、その合計によって優勝が決まる。F1には、ドライバーに授与《じゅよ》される『ドライバーズ・チャンピオンシップ』と、チームに授与される『コンストラクターズ・チャンピオンシップ』がある。ワールドチャンピオンを目指して、各国のチームが戦い続ける過酷《かこく》なレースだ。

F1で使われるレーシングカーは一人乗りのオープンホイール。舗装《ほそう》された道路を走るマシンとしては最速で、最高速度が時速三百四十キロを記録している美しいモンスターだ。

どのチームのマシンも素晴《すば》らしいけれど、オレがひときわ目を引かれたのは、オーシャンブルーの車体に白のラインが入った一台のマシン。チーム・ブローンGPのマシンだった。

「……すごいなあ……」

オレは美しい車体に見とれてしまいながら、思わず声を上げる。

「……なんて綺麗《きれい》なんだろう……？」

「……だろ？」

いきなり後ろから耳元で囁かれて、オレは驚いて振《ふ》り返る。

そこに立っていたのは、車体と同じオーシャンブルーのレーシングスーツを着た、背の高い男性だった。隣《となり》にいるマクシミリアンと張れるくらいの逞《たくま》しい長身。褐色《かっしょく》の髪と青い目をしたハンサム。だけどその顔にはいたずらっぽい笑《え》みが浮《う》かんでいる。

彼の顔には見覚えがある。ブローンGPのファーストドライバー、公彦《きみひこ》・バトー。母親が日本人、父親はブラジル出身の有名なF1パイロットだった。インタビューやグラビアでは、クールなハンサムってイメージだったんだけど……。

「グランプリのために世界中を回ってきたが……」

彼は、オレとマクシミリアンの顔を見比べながら、可笑《おか》しそうに言う。

「こんな美青年はなかなか見られない。しかもカメラマンだって？　可愛い上に才能もあるなんて素晴らしいじゃないか」

青い瞳が好奇心《こうきしん》にキラキラ光っている。マクシミリアンが、オレをかばうようにして立ちはだかる。

「いい加減にしろ、キミヒコ」

「なんだよ、マクシミリアン。邪魔《じゃま》する気か？」

二人が気安く名前を言いあったのを聞いて、オレは少し驚いてしまう。

「もしかして……二人は友達？」

オレが言うと、マクシミリアンは肩《かた》をすくめて、

「スイスにある寄宿学校の同級生だっただけだ。友達ではない」

「何言ってるんだ、運動神経抜群《ばつぐん》の俺がいたから、俺達の寮《りょう》はスポーツ大会では負け知らずだ

った。あの恩を忘れたのか？」

「それを言うなら、落第ギリギリだったおまえに毎回テスト前の特訓をしてやったのは私だ。おまえが卒業できたのは、私の……」

マクシミリアンが言い、オレの視線に気づいたように言葉を切る。ちょっと恥《は》ずかしそうに咳払《せきばら》いをするところが……こんなことを言ったら叱《しか》られそうだけど、なんだか少年みたい。

「彼はカメラマンで、モンテカールのさまざまな場所を紹介《しょうかい》するための写真を撮《と》ってくれている。モンテカール・グランプリの様子は外せない」

マクシミリアンは、オレの肩に手を置きながら言う。

「チームのオーナー、ロナウド・ブローン氏、そしてスポンサー各社に撮影《さつえい》の許可はもらっている。ピットを案内してくれないか？」

「俺はF1パイロットで、観光ガイドじゃないんだけど……」

彼は言いながらも、ピットの中にオレを入れてくれた。

「ああ、紹介しなきゃ。彼はセカンド・ドライバーのエリク・キルシュタイン。去年チームに入ったばかり、まだ二十二歳だからセカンド・ドライバーだけど……すごい実力だから何年か後には俺の地位が脅《おびや》かされそうだ」

「何年か後ではなく、来年にでも交代したいと思っています」

にっこり笑ってオレに挨拶してくれた彼は、金髪碧眼《きんぱつへきがん》のクール系の美形。F1ファンにはとても人気がある新人F1パイロット。実はひょうきんだったバトーさんに比べて本当にクールな感じで、バトーさんにどんどん突《つ》っ込みを入れたりしてすごく格好いい。二人はいいコンビって感じだった。

「あと、ピット・クルーも紹介しなくては！」

バトーさんが言って、ピットの隅《すみ》で休憩《きゅうけい》中だったクルー達の間に連れて行く。ピット・クルーは二十人もいて、その人数に驚《おどろ》いてしまう。

「彼がピットをまとめるチーフ・エンジニア、日本人のヒロシ・オサナイ。オサナイ、彼はカメラマンのカケル。プリンス・マクシミリアンお墨《すみ》付きで、モンテカール公国の紹介写真を撮っているらしい」

「それはそれは。……遠慮《えんりょ》せず、ピットの中を撮影してくださって大丈夫《だいじょうぶ》ですよ。もちろん、マシンも」

彼は言い、ピットの真ん中に置かれている美しいマシンに目をやる。

「フリー走行ではギリギリまで計測と調整を繰《く》り返します。本番では見られない計器が取り付けられていたりして、これはこれで貴重な写真になりますよ」

彼の説明を受けながらオレはマシンの写真を撮り、さらに、マクシミリアンとキルシュタインさんとバトーさんのスリーショット、そのうえピット・クルーも加えた全員の記念写真を撮ることができた。これは、とんでもなく貴重なショットだと思う。

「明日は、モンテカール大公主催《しゅさい》のパーティーがあります。私達チームの全員が参加します」

キルシュタインさんが、オレに話しかけてくれる。

「あなたも参加されますか？」

「ど……どうだろう？」

オレは戸惑《とまど》いつつ、マクシミリアンに視線をやる。彼はうなずいて、

「当然だろう。パーティーの様子ももちろん撮影してもらいたい」

「お会いできるのを楽しみにしています」

にっこり笑って言われて、なんだかドキドキする。

……グラビアで見た時から、なんて綺麗な人なんだろうって思ってたんだよな。撮影できて、すごく光栄かも……。

「マクシミリアン！　こんなところにいたのか！」

ピットの中に大声が聞こえ、クルー達がいっせいに振り返る。オレのそばにいたキルシュタインさんがそちらに目をやり……ふいに眉根《まゆね》を寄せる。

「申し訳ない、少し苦手な人が来たので私は逃《に》げます。また明日」

彼はオレに囁《ささや》き、パドック側とは別の扉《とびら》からピットを出て行ってしまう。誰《だれ》が来たんだろう、と顔を上げると、そこにいたのはマクシミリアンの従兄弟《いとこ》、ベルナールさんだった。

……彼が苦手？　どうしてだろう？

オレはちょっと不思議に思うけれど……。

「キルシュタイン！　あれ？　さっきまでここにいたと思ったが……」

ベルナールさんが言いながらピットを横切ってきて、周囲を見回す。

「キルシュタインは、フリー走行前なので集中したいそうです」

バトーさんが言うと、ベルナールさんはとても残念そうな顔でため息をつく。

「日曜日の本番前に、ぜひ挨拶《あいさつ》をしたいのだが。明日のパーティーでは会えるだろうか？」

「彼は繊細《せんさい》ですから、本番に向けて調整中です。できれば構わないでやってください」

バトーさんがさっきとは別人みたいなクールな声で言う。ベルナールさんはちょっとムッとしたように一瞬《いっしゅん》バトーさんを睨《にら》み、それから肩をすくめる。

「まあ……本人に聞いてみよう。明日のパーティーで会えるだろうからね」

言って、今度はオレを見下ろしてくる。

「明日のパーティーは君も来るね？　この間試着していたタキシードを着るんだろう？」

にっこり笑ってオレの全身に視線を滑《すべ》らせる。自分がタキシードが似合うような逞しい身体《からだ》をしていないのを自覚しているオレは、なんだかちょっと居たたまれない。

「こういうラフな格好も可愛《かわい》いが、あのタキシードはとても似合っていた。楽しみだ」

ベルナールさんはオレに微笑《ほほえ》みかけ、オレはなんとなく居心地《いごこち》が悪いまま笑い返す。彼は踵《きびす》を返してマクシミリアンに近づき、何かを話しかけている。

「実は俺も苦手だ。彼はライバルチーム『コッレオーニ』のスポンサーだ。敵情視察か？」

後ろから囁かれて、オレはまた驚いて飛び上がる。いつの間にか近寄ってきていたバトーさんが、

「しかも美人が大好きで、キルシュタインにやけに馴《な》れ馴れしくする。君も気をつけろよ」

ベルナールさんは、マクシミリアンにキルシュタインさんが出席するかどうかを聞いているみたい。「招待はもちろんするが出席か否《いな》かは彼の判断だ」と言っているのが聞こえてくる。

……ベルナールさん、キルシュタインさんの熱烈《ねつれつ》なファンなのかな？

オレは、紳士《しんし》的に見えた彼の意外な一面に少し驚く。

……ありがちだけど……好きすぎてちょっとしつこくしちゃってるんだろうか？

◆

大公主催のパーティーは半端《はんぱ》じゃなく豪華《ごうか》だって聞いてた。だけど……。

オレは、リムジンの窓から外を見ながら思う。

……予想以上に華《はな》やかそう。

ピットを見学した次の日、金曜日。オレとマクシミリアンはリムジンに乗り、モンテカール大公宮殿《きゅうでん》に向かっていた。

「……うわ、すごい……」

マクシミリアンにエスコートされてリムジンを降りたオレは、宮殿を見上げて思わず呟《つぶや》く。

モンテカール大公宮殿は、ジェノヴァ人が築いた要塞《ようさい》の跡地《あとち》に建てられている。白い壁《かべ》、繊細な飾《かざ》りを持つたくさんの窓。海洋博物館と同じ、ルネッサンス様式の壮麗《そうれい》な建物だ。宮殿のはるか後ろには、月明かりに照らされた断崖絶壁《だんがいぜっぺき》の山々と、満月に近い黄金色の月が煌《きら》めいている。

宮殿の前庭には美しいモザイク模様が描《えが》かれ、エントランスの脇《わき》には、白い制服を着た宮殿の衛兵が姿勢よく並んでいる。

車寄せには数え切れないほどのリムジンが停《と》まり、華やかなドレスやタキシードに身を包んだ人々が次々に降り立っていた。彼らは楽しげに笑いさざめきながら、真紅《しんく》のカーペットが敷《し》かれたエントランスの階段を上っていく。窓という窓はシャンデリアの光に煌めき、本当に、お伽噺《とぎばなし》のお城に紛《まぎ》れ込んでしまったみたい。

……そして彼は、この宮殿に住む本物の王子様なんだよね。

今夜のマクシミリアンは、正式な黒の燕尾服《えんびふく》に身を包んでいる。黒い上着には、黒絹が張られた尖《とが》った剣襟《けんえり》。裾《すそ》は前が短く、後ろが長くて二つに分かれているスワロウテイル。胸ポケットには完璧《かんぺき》な形の三つ山（スリーピーク）に整えられた白のポケットチーフが挿《さ》されている。上着の下に着ているのは、ウイングカラーのドレスシャツと、純白のジレ。襟元には白い蝶《ちょう》ネクタイが優雅《ゆうが》に締《し》められている。そして彼の長い脚《あし》を強調しているのは、サイドに二本のラインが入った黒のスラックスだ。

こうして見ると……彼は本当に高貴で、美しい。この豊かな国の次期元首に相応《ふさわ》しい品格と、凛々《りり》しさと、カリスマ性を兼《か》ね備えている。

「マクシミリアン！」

階段の上で人々を迎《むか》えていた男性が、オレの隣《となり》のマクシミリアンに気づいて呼ぶ。彼は正式な燕尾服の上に繊細な細工が施《ほどこ》された頸飾《けいしょく》とこの国の紋章《もんしょう》が施された星形の勲章《くんしょう》をつけている。さらに金糸で織られた大綬《たいじゅ》（サッシュ）をつけている。白髪交《しらがま》じりの黒髪《くろかみ》に黒い瞳《ひとみ》、百九十センチ近い逞《たくま》しい長身。陽《ひ》に灼《や》けたハンサムな顔には、どこかマクシミリアンに似た野性味が溢《あふ》れている。

……うわ、戴冠式《たいかんしき》とかの映像で見たことがある……！

オレは階段の途中《とちゅう》で硬直《こうちょく》してしまいながら思う。

……彼は、このモンテカール公国の元首、モンテカール大公爵《こうしゃく》ヨハン・クリステンセンだ。

そして……。

「まあ、マクシミリアン！」

大公の隣にいる、ロイヤルブルーのイヴニングドレスを着た女性が、楽しげに笑いながら階段を降りてくる。

「ちゃんと来たのね。逃げられたらどうしようかと思ってたのよ」

蜜《みつ》のようなハニーブロンド、マクシミリアンと同じ最高級の琥珀色《こはくいろ》の瞳。女神様《めがみ》の彫刻《ちょうこく》みたいな高貴な美貌《びぼう》。彼女はマリー・クリステンセン。アカデミー主演女優賞を三回もとった大女優だったけれど、ヨハン・クリステンセン氏と出会って恋《こい》をし、人気絶頂の中で女優を引退してモンテカール公国の元首の夫人になった。世界一の美女といわれた彼女の美貌の端麗《たんれい》さは、マクシミリアンにしっかりと受け継《つ》がれている。

オレは彼女の出ている映画はもちろん何度も観《み》ていて、その美貌に見とれたものだけど……引退して三十年近く経《た》つのに、彼女の美しさがまったく衰《おとろ》えていなくて驚《おどろ》いてしまう。

「父上、母上、紹介《しょうかい》します」

マクシミリアンが、オレの背中に手を当てて言う。

「彼はカケル・スドウ。若いですが、才能溢れるカメラマンです。このモンテカール公国に興味があるとのことでしたので、私がいろいろな場所を案内しています」

「ようこそ、ミスター・スドウ」

ヨハン・クリステンセン氏が言い、オレの右手を握《にぎ》る。

「マクシミリアンの父のヨハンです。よろしく」

ハンサムな顔にはにこやかな笑《え》み。しかもただの息子《むすこ》の友達に対するような自己紹介。マクシミリアンに似たすごいハンサムなのに、気取らない人みたいだ。

「初めまして、カメラマンの須藤駆といいます。よろしくお願いします」

「まあ、なんて綺麗《きれい》な男の子なのかしら。カメラマンなんてすてきな職業ね」

マリー・クリステンセンさんが言って、モンテカール大公に代わってオレの手を握る。

「マクシミリアンの母のマリーです。よろしく」

にっこり笑って言われて、オレは思わず、

「あの……あなたが出演されてる映画、全部拝見しました。テレビとか、DVDとかで」

言ってしまう。彼女はとても驚いたように。

「まあ、私が女優をしていたことを知っているの？　私が映画に出ていたのはもう三十年も前のことよ。あなたみたいな若い人が知っていてくれるなんてとても光栄だわ。よろしくね、ミスター・スドウ」

「カケルでけっこうです、よろしくお願いします」

マクシミリアンがオレの背中に手を回しながら言う。

「彼に、宮殿の内部を案内してもいいですか？」

「もちろん、もちろん」

大公は言い、夫人はにっこり微笑んで、

「モンテカール大公爵が、代々住み続けて来たお城よ。私も、嫁《とつ》いできて初めて見た時にはまるでお伽噺のお姫様《ひめさま》にでもなったみたいでうっとりしたわ」

両手を胸の前で組む彼女は、今でもお姫様みたいだ。

「モンテカール大公！　そして大公夫人！　お久しぶりです！」

階段を上ってきた紳士が言い、二人はそっちに視線をやる。

……うわ！　王様！

楽しげに近づいてくるのは、欧州《おうしゅう》の某国《ぼうこく》の王様とお妃様《きさきさま》だった。彼らはマクシミリアンに目をやり、「すっかり大きくなって！」だの「これならモンテカール大公爵家も安泰《あんたい》だ！」などと話しかけている。マクシミリアンはそつのない挨拶《あいさつ》を返し、それから、

「ここでお会いできて光栄です」

言った時、また「モンテカール大公！」という声が響《ひび》く。そっちを見ると、さらに別の国の首相《しゅしょう》とその夫人が階段を上がってくるところだった。オレの背中に手を当てて、

「……行こう、カケル。どうせ後で正式な挨拶をしなくてはいけないんだ。ここにいてはキリがない」

そっと囁《ささや》いてから、ハンサムな顔に煌めくような笑みを浮《う》かべて、

「のちほど、ゆっくりご挨拶させていただきます。ではまた」

うっとりするような美声で言い、彼らが見とれ、聞きほれている間にさっさと踵《きびす》を返す。

「カケル、パーティーをうんと楽しんでね！」

大公爵夫人のマリーさんが楽しげに言ってオレに手を振《ふ》ってくれる。オレは手を振り返して

から、マクシミリアンと一緒《いっしょ》に階段を上る。

階段の上には大理石が張られた広いスペースがあり、その向こうには教会のそれみたいな巨《きょ》大《だい》な両開きの扉《とびら》がある。壮麗な細工が施された金色のドアの両側には、金ボタンのある白い制服を着たドアマンがいて、恭《うやうや》しくお辞儀《じぎ》をしてドアを開けてくれる。

……ああ……ドキドキする……。

オレは思いながら一歩踏《ふ》み出し、エントランスホールを見渡《みわた》して……。

「……うわあ、すごい……！」

思わず呟《つぶや》いてしまう。

三階層くらい吹《ふ》き抜《ぬ》けになっていそうなほど、天井《てんじょう》が高い。彫刻が施され、重厚《じゅうこう》な黄金で彩《いろど》られたたくさんの柱。天井には壮麗な宗教画が描かれ、壁《かべ》との境目にはやはり黄金の彫刻が施されている。床《ゆか》は純白の大理石で、顔が映りそうなほど磨《みが》き上げられている。正面には今にもお姫様が駆《か》け下りて来そうな巨大な大階段。踊《おど》り場には賑《にぎ》やかなモンテカールの港を描いた豪《ごう》奢《しゃ》なタペストリーが飾られている。

煌めくシャンデリアで照らされたエントランスホールは、豪華《ごうか》なドレスや燕尾服を着たゲストで溢れ、使用人達がその間を忙《いそが》しそうに動き回り、シャンパンやジュースを配っている。

「行こう。こっちだ」

マクシミリアンは話しかけてくる人々にそつなく挨拶を返しながらも、足を止めずに大階段に向かう。そして分厚い絨毯《じゅうたん》の敷かれたそれを、足早に上り始める。

彼はオレが転ばないように、さりげなく背中に手を当ててエスコートしてくれている。凜々しく燕尾服を着こなし、とてもハンサムな彼にこんなことをされると……なんだかお伽噺の中のお姫様にでもなったような気分。

……まあ、彼は本物の王子様、オレはただの貧乏《びんぼう》カメラマン。まったくつりあわないんだけどね。

二階に上がると、階下の喧騒《けんそう》が嘘《うそ》のように静かだった。広さが三メートルはありそうな広々とした廊下《ろうか》が長く続いていて、そこには豪奢な織り模様のある絨毯が敷《し》きつめられ、高い天井から下げられたシャンデリアが眩《まばゆ》い光を放っている。

廊下の右手には美しい飾《かざ》りを持つ窓が続き、そこからリムジンがズラリと並ぶ車寄せを見下ろすことができた。よく見るとリムジンはまだ次々に到着《とうちゃく》していて……このパーティーの規模の大きさがよく解《わか》る。

「こっちだ」

マクシミリアンが言って、オレの肩《かた》をそっと抱《だ》く。ふわりと彼の芳《かんば》しい香《かお》りが鼻をくすぐり、なぜか鼓動《こどう》が速くなる。

……ああ、オレ、やっぱり最近変だよ。なんだか、肩を抱かれてるだけで身体《からだ》が熱くなりそうな……。

オレは思い、妙《みょう》な気分にならないように慌《あわ》てて咳払《せきばら》いをする。

「ええと……あなたのお母さんって、ものすごく綺麗だよね。それに、すごく可愛《かわい》い」

「そうだろう。彼女は世界一の女性だ」

マクシミリアンが平然と言ったのに、思わず笑ってしまう。彼がとても不思議そうに、

「どうかしたか？」

「いや、日本でそんなことを言ったら、『マザコン！』って言われちゃう。でもあなたが言うと妙に様になってるから不思議」

「当然のことだから仕方がない」

「いいなあ。そういうのって。なんかうらやましい」

オレは、あったかい気持ちになりながら言う。マクシミリアンが、少し沈《しず》んだ声で、

「そうか……カケルの母上は、君が中学生の頃《ころ》に亡《な》くなっていたんだったな」

「うん。でも父さんと母さんには、それまで本当に可愛がってもらったから別に寂《さび》しいとかはないよ。父さんと母さんの葬儀の時にはまだ子供だったから思いっきり泣いたし」

オレは、微笑《ほほえ》みながら言う。マクシミリアンは、

「うちの両親は、君のように健気《けなげ》に生きる若者に弱い。さっき少し会っただけでも、かなり気に入った様子だった。さらに君にご両親がいないことを知ったら、『援助《えんじょ》したい』だの『いいご夫婦《ふうふ》を見つけて養子《ようし》縁組《えんぐみ》を』だのと言い始めそうな予感がする。でなければ君に花嫁《はなよめ》を紹介

しようとするだろうな。どこかのお金持ちのお嬢《じょう》さんを」

「あはは、何それ。オレ、まだ当分結婚《けっこん》する気とかないし、とりあえず生きられるくらいは稼《かせ》げそうだから、援助してくれなくても大丈夫《だいじょうぶ》」

オレが笑うと、彼はなぜか深いため息をつく。

「冗談《じょうだん》だと思っているようだが、彼らは本気でやる。パーティーでべったり張り付かれないように、逃《に》げ回らなくては」

言いながら、彼は廊下の突《つ》き当たりまで歩き、両開きのドアを両手で押し開ける。彼は部屋に入ってスイッチを操作し、部屋が煌《きら》めく光に満たされる。

「……うわ……」

その部屋は、舞踏《ぶとう》会が開けそうなほど広かった。さまざまな色の大理石を使って作られたモザイクの床、教会のような壮麗《そうれい》な金彩で彩られた高い天井からは、美しいクリスタルのシャンデリアが下げられて部屋の中を華《はな》やかに照らす。壁にはシックな色合いの歴史のありそうなタペストリーが何枚も飾られ、磨き上げられた床の上には飴色《あめいろ》をした趣味《しゅみ》のいいアンティークのソファセットがゆったりと置かれている。そして……。

「すごい！」

オレは思わず部屋の中に入ってしまいながら、呟く。

「地中海だ！」

高い位置にあるその部屋の窓からは、宮殿《きゅうでん》の前庭の木々は見えず、その向こうに広がる地中海を一望にできた。

「ここが私の部屋だ。自由な暮らしが性《しょう》に合っているのでクルーザーや別荘《べっそう》で過ごすことが多いが、父の跡《あと》を継《つ》いだとしたら、ここに住み、公務を行わなくてはいけない」

「へえ……」

オレは、豪奢な部屋をぐるぐると見回しながら言う。

「これが本物の王子様の部屋かあ。あのクルーザーも凄《すご》かったけど……やっぱり宮殿は桁違《けたちが》いなんだね」

「ここの方がよければ、ここに滞在《たいざい》してくれていい。漁師が少しうるさいかもしれないが、セキュリティーの面では完璧《かんぺき》だ。奥にベッドルームがあるが、キングサイズなので二人で眠《ねむ》るのに不足はないし……」

彼の言葉に、オレは慌ててかぶりを振る。

「いや、クルーザーで十分だよ。宮殿に滞在なんかしたら、緊張《きんちょう》でおかしくなりそう」

彼はうなずき、それから、

「モンテカール・グランプリは国を挙げての行事だ。各国からのゲストも到着し、彼らへの挨拶は公務の一部になるのでおろそかにできない。私はそれに追われることになるだろう」

その言葉に、オレはなぜだか不思議なほどの寂しさを覚える。

……やっぱり、彼は遠い世界の人なんだな。

「だが、君を一人きりにするのはあまりにも心配だ」

「またそんなこと」

彼の言葉に、オレは無理やり笑ってみせる。

「女の子じゃないんだから、別に大丈夫だよ」

彼の前で泣いてしまったあの夜から、オレはなんだかおかしくなってしまっている。

彼の顔を見るだけでなんだかくすぐったいような、甘いような気持ちになる。もうすぐ彼と離《はな》れ離《ばな》れになるんだと思っただけで、なぜか心が壊《こわ》れそうになる。

……オレは、寂しさなんて感じてなかったはずなのに。

……本当に、どうしたんだろう、オレ？

「バトーとキルシュタインも出席する。彼らと一緒《いっしょ》にいてくれないか？」

「大丈夫だよ。心配性なんだから」

オレは言うけど……彼が気にしてくれたのが、ちょっとだけ嬉《うれ》しかった。

……いや、別に男の彼に心配されたからって、嬉しくなる理由はないんだけど！

◆

「よお、マクシミリアン、カケルも」

後ろから聞こえた声に、オレは慌てて振《ふ》り返る。そこに立っていたのは……。

「バトーさん！　キルシュタインさん！」

F1パイロットの、バトーさんとキルシュタインさんだった。

バトーさんは、一応タキシードを着てきたらしい。ラインの入った黒のスラックスに、黒のカマーバンドを締《し》めている。だけど、なぜかすでに上着を脱《ぬ》いで手にぶら下げ、蝶《ちょう》ネクタイを解き、ドレスシャツの一番上のボタンをだらしなく開けてしまってる。しかも髪《かみ》はくちゃくちゃだ。ほかの人がやったらだらしない、と眉《まゆ》をひそめられそうな格好だけど……とてもハンサムな顔立ちと、完璧に鍛《きた》えられた肉体をしているせいで、やけに粋《いき》な感じ。まるでパリコレのランウェイを歩くモデルみたいだ。

そしてキルシュタインさんはほっそりとした身体によく合った黒のスーツに、シンプルなデザインの黒のシルクのシャツを着ている。襟《えり》はスタンドカラーのノーネクタイ。だけど素材がとても上等そうなのと、煌めくプラチナブロンドと端麗《たんれい》な顔立ちをした彼自身がとてもゴージャスなおかげで、見とれるほど格好いい。

そういえば、服を選びに行った時、オーナーと助手がこのパーティーはドレスコードは厳しくないって言っていた。よく見回すと、スポンサーらしき人々や王侯《おうこう》貴族なんかのVIP、それにピットクルーみたいな人たちはみんな正式な燕尾服《えんびふく》、だけどその中に妙に軽装の人々が交ざっている。彼らは一様に完璧に鍛え上げられた身体をしていて……いかにもF1パイロットって感じ。今夜の主役である彼らは、眩いオーラを放っていてすごく目立ってる。

「へえ。昨日見た時もやけに可愛いと思ったが……こうして見るとすごい美人なんだな。さすが、マクシミリアンが惚《ほ》れこんで連れ歩いているだけのことはあるなあ」

バトーさんがオレを見て感心したように言う。キルシュタインさんも、

「すごく似合っているよ、カケル」

言って、にっこり笑ってくれる。

「お二人もすごく素敵《すてき》です。レーシングスーツも、すごく格好よかったけど」

「明日の予選と、あさっての決勝、カケルも写真を撮《と》ってくれるんだろう？」

バトーさんが言い、マクシミリアンがうなずく。

「彼にはそれぞれ最上級の席を用意してある」

「うわ、緊張する……」

「君の写真を見るのを楽しみにしてる」

キルシュタインさんがにっこり笑ってくれて、オレはますます緊張を覚える。

「マクシミリアン！」

少し離れた場所から、彼の父親である大公爵《こうしゃく》が呼んでいるのが聞こえる。マクシミリアンは小さくため息をついてから、

「挨拶《あいさつ》に行ってくる。カケルを頼《たの》む」

言い残して、慌《あわ》ただしく公務に戻《もど》った。世界中のＶＩＰに優雅《ゆうが》に挨拶をしている彼を見て、オレはやっぱり彼は遠い世界の人なんだ、と思う。

……日曜日の決勝が終わったら、オレは日本に帰らなくちゃならない。

当然のことなのに、この国での出来事があまりに煌びやか過ぎて、日本での生活がまた始まることがにわかには信じられない。

……そして、もう二度とマクシミリアンには会えなくなるんだよね。

思ったら、なぜか胸が苦しくなる。黒くて重い石が、心の中にゆっくりと沈《しず》んでくるような気がする。

……なんで……こんな気持ちになるんだろう……？

「やあ、キルシュタイン。君も来ていたんだね」

近づいてきたタキシードの男が、いきなりキルシュタインさんに話しかけている。その顔は見たことがある。バトーさんとキルシュタインさんのいるチーム『ブローンＧＰ』のライバルチーム、『コッレオーニ』のファーストドライバー、ジャック・レジオーニだ。

「レーシングスーツ姿もとても素敵だが、普段着《ふだんぎ》も麗《うるわ》しいな」

金髪碧眼《きんぱつへきがん》、遊び人という噂《うわさ》のある彼は、キルシュタインさんの全身をジロジロ眺《なが》める。キルシュタインさんは微《かす》かに不愉快《ふゆかい》そうに眉を寄せただけで、すぐに無表情に戻り、

「こんばんは、シニョール・レジオーニ。レースではよろしくお願いいたします」

「君の走りは本当にセクシーだ。君のマシンを抜《ぬ》く時、私は限りないエクスタシーを……」

「レジオーニ、俺には挨拶なしか？」

ものすごく怒《おこ》った様子のバトーさんが言葉を遮《さえぎ》り、レジオーニが眉をつり上げる。

「無粋《ぶすい》な男だな。こんな男のセカンドドライバーをしていないで、私がいる『コッレオーニ』に来ないか？　走りについて手とり足とり教えてあげるし、なによりもスポンサーはこのモンテカール公国縁《ゆかり》の人、ベルナール・クリステンセン氏だ。『ブローンGP』などよりもずっと高額の報酬《ほうしゅう》が……」

「スカウトするな！　キルシュタインは俺のセカンドで……！」

二人が睨《にら》み合い、キルシュタインさんは呆《あき》れた顔をしている。オレはなんだかいたたまれなくなって、

「オレ、ちょっとトイレに行ってきますね」

キルシュタインさんにことわり、部屋を出る。煌《きら》めくシャンデリアやお酒の香《かお》り、笑いさざめく人々の中にいても……やっぱり落ち込んでしまいそう。

……でも、バトーさんもキルシュタインさんも決勝を控《ひか》えた大切な時。それでなくてもなんだか大変そうだし、沈んだ顔なんか見せたらいけない。

一人で廊下《ろうか》を歩いていたオレは、急に後ろから腕《うで》を摑《つか》まれて驚《おどろ》いてしまう。

「カケルじゃないか、一人でどうしたんだ？」

オレを呼び止めたのは、ベルナールさんだ。マクシミリアンによく似たルックス、タキシードに身を包んだ彼を見て、また辛《つら》くなる。

「疲《つか》れているんじゃないのか？　顔色が悪いよ」

ベルナールさんに言われて、オレは、

「いえ、大丈夫《だいじょうぶ》です。ちょっと酔《よ》っ払《ぱら》ったのかも……」

「それはいけない」

彼はいきなり手を伸《の》ばし、オレの肩《かた》を抱《だ》いてくる。

「私は大公爵家の血を引く人間だから、この大公宮殿《きゅうでん》の中に自室があるんだ。普段《ふだん》は街中のマンションに住んでいるけれどね。よかったら、私の部屋で少し休んでいってくれ」

言いながら、廊下をどんどん歩きだす。オレは少し慌《あわ》ててしまいながら、

「いえ、たいしたことはないので……」

「マクシミリアンが挨拶を終えるまで、何時間もかかるよ」

いきなり彼の名前を出されて、オレはドキリとする。

「しかも、レーシングチームのメンバーと一緒では気を遣うだろう。彼らは明るく装っているが……本番を控えて内心はかなりピリピリしているからね」

「そう……かもしれませんね」

オレは、さっきの一触即発《いっしょくそくはつ》の雰囲気《ふんいき》を思いだす。

「そういえば、あなたのチームのレジオーニさんと、『ブローンGP』のバトーさんが言い争いになりそうでしたが……放《ほう》っておいて大丈夫ですか？」

「ああ、あの二人は仲が悪い。しかもキルシュタインは私のチームからスカウトを断り続けている。……いつものことだから放っておいて大丈夫だ」

彼は言いながら、廊下の隅《すみ》にあるドアを開く。そしてその中にあった石の階段を上っていく。

エントランスホールにも巨大《きょだい》な階段があったけれど、こっちは昔の使用人用って感じの狭《せま》くて暗い階段だ。オレ達は階段をかなり長い間上り、そしてやっと木のドアを開いて廊下に出る。

そこは階下の煌びやかさが嘘《うそ》のような暗い廊下で、ひと気がない。

「ここは、昔の使用人達が使っていたフロアだ。今は彼らは贅沢《ぜいたく》な離《はな》れに住んでいるので、ここは物置としてしか使われていないんだけれど」

ベルナールさんの言葉に、オレは少し青ざめる。

「こんなところに部屋があるんですか？」

「まさか。さっきのは嘘」

ベルナールさんはくすくす笑って、

「私はなぜだか大公爵と夫人――マクシミリアンの両親――に嫌《きら》われていてね。部屋があるどころか、今夜のパーティーにもお忍《しの》びで紛《まぎ》れ込んだ。私がマクシミリアンを陥《おとし》れようとしていると二人は思い込んでいるんだな。まあ……少しは悪いことをしたけれどね」

彼は言いながら、ドアの一つに古びた鍵《かぎ》を差し入れて鍵を開く。

「子供の頃《ころ》に盗《ぬす》んでおいたこれが、今頃《いまごろ》役に立つなんてね。人生はわからないものだな」

彼は楽しそうに言いながら、ドアを押し開ける。中は六畳《じょう》くらいの狭いスペースで、天井《てんじょう》が斜《なな》めになっていて小さな窓が開けられている。部屋の奥には昔風の鉄製の枠《わく》を持つ粗末《そまつ》なベッド。窓際《まどぎわ》とテーブルに置かれているのは、赤色の布製の傘《かさ》を持つスタンド。薄暗《うすぐら》い光は赤みを帯びている。ベッドに掛《か》けられているのは、新しくて、しかも毒々しい紫《むらさき》サテンのシーツとベッドカバー。薄暗い部屋はいやにいかがわしい雰囲気だ。

オレは部屋に入る前に思わず立ち止まったけれど、彼に強く背中を押されてよろめき、部屋の中に入ってしまう。

「私はゲイでね。美しい男が大好きなんだ。もちろんモンテカールでナンパはできないから、カンヌやニースまで足を伸ばして、そういう商売の子を買ってくる。パーティーの夜ならば忍び込むのは簡単だ」

彼は言いながら、後ろ手にドアを閉める。

「カメラマンだなんて言って、本当は財産目的なんだろう？　クルーザーの中で、さぞやマクシミリアンを楽しませてやったんだろうな」

彼は言い、ジリ、とオレに迫《せま》って来る。オレは彼の目が恐《おそ》ろしくなってジリジリと後ずさる。

まう。
ふいに膝《ひざ》の裏が何かに当たってバランスを崩《くず》し、サテンの掛けられたベッドに腰《こし》を下ろしてし

「初めてテイラーで見た時、着ているタキシードを乱暴に脱《ぬ》がせたいと強烈《きょうれつ》に思ったんだ。なあ、もったいぶらないで、私のことも楽しませてくれないか？」

彼の手が、オレの顎《あご》を乱暴に持ち上げる。

「きっととても上手《うま》いんだろうな。まずはその可愛《かわい》い唇《くちびる》で楽しませてもらおうか」

彼が、自分のスラックスのファスナーをゆっくりと下ろしたことに気づき、オレは本気で青ざめる。彼の巨大な屹立《きつりつ》はスラックスと下着を下品に押し上げている。

「ほら、大きいだろう？　取り出して咥《くわ》えてくれよ」

いやらしくかすれた声で言われて、背中に悪寒《おかん》が走る。

「嫌《いや》だ！　オレ、そんなことできない！」

オレがそう叫《さけ》んだ瞬間《しゅんかん》、ベルナールさんは顔色を変える。

「どうして、マクシミリアンばかりがすべてを手に入れるんだ！」

彼は叫び、オレの頬《ほお》を、パン！　と平手で叩《たた》く。後ろ向きに倒《たお》れたオレの上にのしかかってきて、オレの蝶《ちょう》ネクタイを無理やり解いてしまう。

「元首の地位も、莫大《ばくだい》な財産も、すべてあいつのものだ……！」

せっかく着た、マクシミリアンがあつらえてくれたシャツを破かれて、オレは叫ぶ。

「放せ！　オレはゲイじゃない！　男に抱かれるなんて絶対に嫌だ！」

彼の端麗《たんれい》な顔、イジワルだけどどこか可愛いところ、そして優《やさ》しい微笑《ほほえ》みを思い出し、オレは泣きながら叫ぶ。

「助けて、マクシミリアン！」

絶対に彼がこないことは解ってる。でも、オレは叫ばずにいられなくて……。

「オレは、あなたのことを愛してるんだ――っ！」

その瞬間、部屋のドアが蹴破《けやぶ》られ、マクシミリアンとSP達がふみこんできた。

「私のカケルから手を放せ！」

マクシミリアンはいつもの冷静な様子が嘘のように怒《いか》り、ベルナールさんを本気で殴《なぐ》る。

「カケルは私だけのものだ！　絶対に渡《わた》さない！」

SP達が、ベルナールさんを連行して部屋から消える。マクシミリアンはオレがケガをしていないことを確かめてから上着を着せかけ、抱《だ》き締《し》めながら言う。

「私との婚約《こんやく》をでっちあげた女優も、君の説得後までしつこく追ってきたパパラッチも……ベルナールに雇《やと》われていた。私のスクープ写真が撮《と》れ、爵位《しゃくい》を剝奪《はくだつ》できれば莫大な報酬を出すといわれていたらしい」

マクシミリアンはオレを強く抱き締めて囁《ささや》く。

「今夜も、SP達がベルナールを見張っていたはずなのだが……途中《とちゅう》で見失った。捜《さが》している間に、君には怖《こわ》い思いをさせてしまった。本当に悪かった」

「ううん」

オレはかぶりを振《ふ》り、そして彼の琥珀色《こはくいろ》の瞳《ひとみ》を真っ直《す》ぐに見上げる。

「あいつのせいで、オレはあなたへの気持ちを確認《かくにん》することができた」

「それを……もう一度言葉にしてくれないか？」

彼の瞳の奥には少し苦しげで、でもとても甘い光があった。オレは胸を熱くしながら、彼に囁く。

「オレ……あなたのこと、愛しちゃったみたいだ」

「素直《すなお》ないい子だ」

彼は囁いて、目を閉じたオレの唇にそっとキスをする。

「私も、君のことを愛している。今までは、君を愛撫《あいぶ》するだけでその後のことを必死で我慢《がまん》してきた。だが……もう気持ちを抑《おさ》えられそうにない」

唇を触《ふ》れさせたまま囁かれて、オレの心が燃え上がりそうに熱くなる。

「我慢なんかしないで」

オレは彼にキスを返しながら囁く。

「オレに……もっと先まで教えてよ」

彼の逞《たくま》しい腕《うで》が、オレの身体《からだ》を抱き上げる。

「わかった。朝までかけてすべてを教える。覚悟《かくご》はいいか？」

獰猛《どうもう》な瞳に見つめられ、オレの鼓動《こどう》が速くなる。

「うん、覚悟はできてるよ」

彼はオレにキスをし、そしてオレを軽々と抱いたまま部屋を出て……。

◆

「……あ……ああ……っ！」

オレのこらえ切れない喘《あえ》ぎが、高い天井に響《ひび》いている。

オレ達は、マクシミリアンが所有している豪奢《ごうしゃ》なマンションにいた。モンテカール市街を見《み》渡《わた》す一等地に建っていて、なんと、窓からはプロのカメラマン垂涎《すいぜん》といわれるコーナー『グラン・ホテル・ヘアピン』から『ヌーベルヴァーグ・シケイン』までが綺麗《きれい》に見渡せるとんでもない場所。明日の予選をここから見られたら、ものすごく素晴《すば》らしい写真が撮れそうだ。

オレはテラスから見える景色に歓喜《かんき》し、ついつい夜景に見とれてしまった。オレの荷物とカメラケースはSPが届けてくれたし、まずは試《ため》しに三脚《さんきゃく》を立てて夜景を撮って……と思ったのに、強引《ごういん》にそのまま抱き上げられてベッドに引き込まれてしまったんだ。

「……マクシミリアン……んん……っ」

　彼はオレのタキシードの上着とジレを脱がせ、蝶ネクタイを解いてドレスシャツのボタンをくつろげた。そして剝《む》き出しになったオレの乳首《ちくび》をそっと舐《な》め上げている。彼の舌が往復するたびに、スラックスと下着に包まれた屹立が、ビクビクと震《ふる》えてしまう。

「……服が、皺《しわ》になるから……」

「気にするな。私の愛撫だけを感じろ」

　彼が囁いて、スラックスの前立てのボタンを外していく。古風な四つボタンをすべて外され、下着とまとめて引き下ろされる。反り返る屹立が下着の布に引っかかり、それからプルンと弾《はじ》け出る。先走りが振り零《こぼ》される感覚に……それだけで放ってしまいそう。

「……あ……っ」

「こんなに下着を濡《ぬ》らして、恥《は》ずかしい子だ」

　彼がイジワルに囁いて身を起こし、横たわったままのオレの靴《くつ》と靴下を片方ずつ脱がせる。そのままスラックスと下着を脚《あし》から引き抜《ぬ》かれる。上半身はドレスシャツを着たまま、下半身だけを露《あら》わにされて……その淫《みだ》らな感覚に、オレは息を呑《の》む。

「……ん……っ！」

　彼がオレの上にのしかかり、乳首を吸い上げながら手のひらでオレを擦《こす》り上げる。たっぷりと漏《も》らした先走りが、屹立と彼の手のひらの間で、クチュ、クチュ、と淫らな音を立てる。

　彼の手には何度も愛撫された。でも……こんなに感じたのは初めてで……。

「……んん、イク……！」

オレはこらえきれずに、彼の手のひらに、ドクドク！　と激しく白い蜜《みつ》を飛ばしてしまう。

「……く、う……！」

彼はそれを手のひらで受け止め、そしてたっぷりと濡れた指をオレの脚の間に滑《すべ》り込ませてくる。

「……あ……っ！」

考えたこともなかった場所を探《さぐ》られ、蕾《つぼみ》を見つけ出される。驚《おどろ》きに喘いだオレの蕾に、彼の濡れた指が滑り込んでくる。

「……アア……ッ！」

彼は初めてのオレを優しく解《ほぐ》し、押し広げ……そして……。

「……あっ！」

彼の両手が、オレの腿《もも》を大きく割り広げる。そのまま高く持ち上げられて……オレのトロトロに蕩《とろ》けた蕾が空気の中に露わになってしまう。

「……ダメ……恥ずかしいから……」

「拒否《きょひ》する言葉は許さない。感じたままを言葉にしなさい」

彼は獰猛な琥珀色の瞳でオレを見つめる。

「この国の、次期元首の命令だよ」

「……横暴だ、そんなの……あっ！」

オレの蕩けた蕾に、とても熱くて硬《かた》いものが押し付けられる。

……ああ、これは、彼の屹立《きつりつ》……。

「……んんーっ！」

オレの蕾は一瞬《いっしゅん》だけ抵抗《ていこう》するけれど、すぐに蕩けて、とても逞しい彼をゆっくりと受け入れて……。

「……ああ、マクシミリアン……！」

オレのとても深い場所までを、彼が満たす。内側からきつく押し広げられる感覚と、その溶《と》けてしまいそうな熱さに……オレは喘ぐことしかできない。

「動くよ。大丈夫《だいじょうぶ》か？」

見下ろしながら聞かれて、オレは震えながらうなずく。

「……うん、オレを奪《うば》って……あっ！」

言葉が終わらないうちに、彼がオレの両足首を自分の肩《かた》に載《の》せる。グッと引き寄せられて結合がさらに強くなり……。

「……あっ！　ああっ……！」

グッ、グッ、と彼の屹立が強くオレを抽挿《ちゅうそう》する。オレは下半身を露わにして脚を広げられたとても淫らな格好。なのに彼は、蝶《ちょう》ネクタイまで完璧《かんぺき》に結んだままの正装。その対比が……とても恥ずかしい。

「……あっ……マクシミリアン……！」

深く浅く抉《えぐ》られ、内壁《ないへき》のとても感じやすい部分を容赦《ようしゃ》なく擦られて……オレの奥深い場所から、燃え上がりそうな快感が湧《わ》きあがってくる。

「……ああ……ダメ……オレ……」

「正直に言いなさい。感じている？」

低い声で囁《ささや》かれて、オレの最後の理性が吹《ふ》き飛んでしまう。

「……感じる……！」

オレの唇《くちびる》から、とても淫らな、でも正直な気持ちが漏れた。

「……気持ちい……すご、い……！」

「いい子だ」

彼はオレの足首にキスをして、そのまま抽挿を激しくする。

「……ああ、ああ、そんなにされたら、出ちゃう……！」

オレは快楽の涙《なみだ》を振り零しながら喘ぐ。

「……出していい」

彼がオレを見下ろし、かすれた声で囁く。

「君がすごすぎて……私ももう限界だ」

いつも凛々《りり》しくてクールな彼が、今は呼吸を乱し、オレを貪《むさぼ》っている。それが嬉《うれ》しくて、オレはすべてを忘れ……。

「……愛してる……マクシミリアン……あっ！」

オレの身体《からだ》が淫らに反り返り、屹立の先端《せんたん》から、ビュクビュクッ！　と激しく蜜が飛ぶ。

「……くう……ぅん……！」

蕾でキュウンッときつく彼を締《し》め上げてしまうと、彼は微《かす》かに呻《うめ》き、そのまま抽挿を激しくして……。

「……っ」

彼が小さく息を吞み、一瞬後、オレの最奥《さいおう》に、ドクッ、ドクッ！　と熱い蜜が激しく撃《う》ち込まれた。

「……中、すごく熱い……！」

オレはその熱に感じ、また屹立の先から欲望《よくぼう》の蜜を滴《したた》らせる。彼はそれを手のひらに掬《すく》い取り、それでオレの屹立をまた愛撫《あいぶ》して……。

「ダメ……もう……！」

オレの身体にさらに膨《ふく》れ上がったとんでもない快感が湧き上がる。

「拒絶《きょぜつ》の言葉は許さないといっただろう？　どう感じるかだけを言いなさい」

彼が囁いて、オレの唇にそっとキスをする。オレは彼の愛撫に感じながら、正直な気持ちを

言葉にする。

「……気持ち、いい……また、したくなりそう……」

「いい子だ。私も同じ気持ちだよ」

彼がオレを抱《だ》き締め、グッと深くオレを突《つ》き上げてくる。

「……アアッ！」

あんなに熱く放ったばかりなのに、彼の欲望は衰《おとろ》えるどころか、さらに獰猛《どうもう》になったみたいだ。そのまま激しく抽挿されて、彼が放ったたっぷりの蜜がオレの中で泡立《あわだ》つ。彼が屹立を引くたびに、二人が結合した部分からトロトロと溢《あふ》れてしまう。

「……あっ、あっ！　そんなにしないで……あなたの蜜が……」

「ん？　どうした？」

「……あなたの蜜が、出ちゃう、から……っ！」

容赦なく突き上げられ、理性を飛ばしながら、切れ切れに懇願《こんがん》する。オレの髪《かみ》を、彼の指が愛《いと》おしげに梳《す》く。

「私のすべてが欲しいか？」

低く、蕩けそうにセクシーで、でもどこか苦しげな声。

……あ……。

オレは必死で目を開き、彼の顔を見上げる。こんな淫らに奪っているのに、彼は本当に高貴でハンサムだ。……でも……。

彼の目の奥には獣《けもの》のように獰猛な欲望があり、その顔には恋《こい》をする男独特の、切なくて苦しげな表情が浮《う》かぶ。彼の琥珀色《こはくいろ》の瞳《ひとみ》に映るオレも……きっと同じ、恋する男の顔をしているに違《ちが》いない。

……ああ、こんなに美しい大人の男が……オレのことを愛してる……。

思っただけで身体の深い部分から震《ふる》えるような快感が走る、オレの内壁が、キュウウ、と強く彼を締め上げてしまう。

「……っ」

彼は小さく息を呑《の》み、それをため息にして吐《は》き出す。苦笑《くしよう》を含《ふく》んだ声で、

「悪い子だ。そんな可愛《かわい》い顔をして、いきなり締め上げたりして。持って行かれそうになったじゃないか」

彼の顔が下りてきて、お仕置きのように鼻先を甘嚙《あまが》みされる。その後にチュッとキスをされて……身体だけじゃなくて、心までが熱くなる。

「ねえ、オレ……あなたの恋人になるの……？」

見上げながら聞くと、彼は一瞬呆然《いっしゅんぼうぜん》とした顔をし、それから深いため息をつく。

「勘弁《かんべん》してくれ。ここまで夢中にさせておいて『恋人じゃなくて身体だけの関係のつもりだった。やっぱり日本に帰る』などと言われたら、私は何をするかわからない。もしかしたら悲し

みのあまり、君の国に戦争を仕掛《しか》けてしまうかもしれないよ」

「ええっ？」

オレが思わず声を上げると、彼は琥珀色の瞳を獣のように光らせて、

「ただの腑抜《ふぬ》けた富裕《ふゆう》国だと思われがちだが……この欧州《おうしゅう》で中立を貫《つらぬ》くモンテカール公国には、それを維持《いじ》するだけの強大な軍事力がある。おかしなことをさせたくなければおとなしく私の恋人になること。いいね？」

オレはなんだか目眩《めまい》を覚えながら、彼の端麗《たんれい》な顔を見上げる。

「……ハンサムでクールな、お伽噺《とぎばなし》の王子様みたいに見えるのに……」

オレはなんだか呆《あき》れてしまいながら言う。

「……あなたって、本当に、一国の次期元首なんだね」

「ノンキなことを言っている場合ではないだろう？」

彼が囁き、グッとオレを突き上げてくる。

「……アア……ッ！」

身体の奥深い場所から、熱い喜悦《きえつ》が湧き上がってくる。

「……すご、い……マクシミリアン……！」

オレは喘《あえ》ぎ、感じ……彼の腕《うで》に抱《だ》かれたまま、また目が眩《くら》みそうな高みに駆《か》け上り……。

マクシミリアン・クリステンセン

明日の決勝はパドックの向かい側、ホームストレートを見渡《みわた》せ、グランプリのゴールのすぐ前のスペースが確保されている。駆はそこで、素晴《すば》らしい写真を残してくれるはずだ。

そして、私が個人的に所有するこのマンションの窓からは、モンテカール・グランプリの一番の名所といわれる場所を美しく見渡せる。今日の予選では、優勝云々《うんぬん》ではなくグランプリの別の場面を見せたくてここに来た。かなりの難所が連続するここでは、F1パイロット達のそれぞれのテクニックを存分に楽しめる。きっとエキサイティングな写真が撮《と》れるはずだ。

爽《さわ》やかな海風に乗って、人々の歓声《かんせい》と、低いエキゾーストノートが聞こえてくる。時計を見るとそろそろ十時半。もうすぐ予選前の六十分のフリー走行が始まるはずだ。

モンテカール・グランプリのコースは、一周が三・三四キロ。それを七十八周し、二百六十・五二キロを戦う。トンネルを含む十八箇所《かしょ》のコーナー、そのほとんどが急角度の難所で、抜《ぬ》くのが非常に難しいだけでなく、事故も多い。そのためにモンテカールで優勝したF1パイロットは『モンテカール・マイスター』と呼ばれ、高い技術を持つF1パイロットとして人々の尊敬を集めることになる。

モンテカール・グランプリの予選は、三回に分けて行われる。Q——Qualify の略だ——1では参加する二十二台すべてが出走し、そのうち記録の悪かったワースト6が予選で落とされる。Q2では残りの十六台が出走して、同じようにワースト6が敗退。そしてQ3で残り十台が決勝戦のスタート位置——グリッド——を決めるためのタイムアタックをする。モンテカール・グランプリは市街地がコースになるので道幅《みちはば》が狭《せま》く、前の車を抜くこと自体がとても難しい。そのために予選でいい記録を出し、ポールポジション——最前列、第一コーナーのイン側——を獲得《かくとく》することがとても重要だ。ポールポジションからスタートしたマシンが、そのまま順位を変えずにゴールすることを『ポール・トゥ・ウィン』と呼ぶが、このモンテカールでは、ほかのコースに比べて『ポール・トゥ・ウィン』の確率がとても高いからだ。

ベッドルームの壁《かべ》にかけた大型テレビには、マシンの最終チェックをするピットの様子が映し出されている。駆の眠《ねむ》りを妨《さまた》げないように消音にしてあるが、バトーがいつものように陽気な様子で記者に向かって何かを叫《さけ》び、その後ろでキルシュタインがいつものようにクールな顔でピットクルーと話している様子が映っている。

シャワーから上がったばかりの私は、テレビ画面を見ながらミネラルウォーターを飲み干す。腰《こし》に巻いていたタオルを外してバスローブを羽織り、腰紐《こしひも》を縛《しば》りながらベッドに戻《もど》る。そして、純白のシーツの上にうつぶせになった私の恋人に思わず見とれる。

彼は、羽枕《はねまくら》に頬《ほお》を埋《うず》めるようにして、安らかに眠っている。

艶《つや》のある漆黒《しっこく》の髪が、朝の陽光に煌《きら》めいている。

子供のようにあどけない表情を浮かべた横顔。夢を見ているのか小さく震えている長い睫毛《まつげ》。

そして微《かす》かに開いて規則正しい寝息《ねいき》を漏《も》らす珊瑚《さんご》色の唇《くちびる》。

枕を抱き締《し》めるすんなりとした腕。

肩甲骨《けんこうこつ》を浮き上がらせた滑《なめ》らかな背中。

少しの緩《ゆる》みもなく引き締まったウエスト。

キュッと上がった小さな双丘《そうきゅう》。

そしてシーツの上に投げ出された、すらりと長い脚《あし》。

彼の金色に陽灼《ひや》けした肌《はだ》には、私が唇で刻んだキスマークが点々と散っている。

数え切れないほど放った白い蜜《みつ》は、眠りに落ちる寸前にシャワーで綺麗《きれい》に洗い流した。だが、消えないその印が、二人の愛の行為《こうい》がいかに激しかったかを物語っている。

キスマークは、まるで撒《ま》き散らされたバラの花びらのようだ。耳たぶの下、首筋、両方の肩《かた》先《さき》、そして肩甲骨の間、ウエストの後ろ側。さらに、柔《やわ》らかな内腿《うちもも》や引き締まった双丘にも、唇の痕《あと》がいくつも刻まれている。これは、夜明けの少し前、愛撫《あいぶ》の途中《とちゅう》で眠りそうになった彼へのお仕置きをするためにつけたもの。しかしその後でたまらなくなって双丘を押し広げ、蕩《とろ》けた蕾《つぼみ》を舌で愛撫し、純情な彼を泣かせてしまった。彼は恥《は》ずかしがってもがいたが……すぐに甘い喘ぎを漏らして切ない声で私をねだった。

……いけない。見ているだけでまた発情しそうだ。

「……ん……」

彼が微かな声を漏らして、身じろぎをする。

「……あぁ……」

悩《なや》ましいため息をついてから寝返りを打ち、仰向《あおむ》けになる。

「……まぶし……」

彼は両手で顔を覆《おお》い、子供のような声で囁《ささや》く。

顔は隠《かく》していても、その美しい身体《からだ》は一糸まとわぬ裸《はだか》。明るい陽光の中に、すべてがさらされてしまっている。

キスマークの散る華奢《きゃしゃ》な鎖骨《さこつ》、平らな胸の先の乳首《ちくび》。今は淡《あわ》い珊瑚色をしている小さな乳首は、ほんの数時間前まで、誘《さそ》うようなバラ色に染まり、繰《く》り返された私の愛撫とキスで先端《せんたん》を硬《かた》く尖《とが》らせていた。

引き締まった腹の上、可愛らしい臍《へそ》の脇《わき》にもキスマークがある。そのもう少し下には、彼のとても淫《みだ》らで、そしてとても美しい場所があるはずだが……目をそこにやることを私は自粛《じしゅく》し、彼の手にそっと触《ふ》れる。

「おはよう、カケル」

私が言うと、彼はまだ眠そうに呻《うめ》いて、それからため息混じりに呟《つぶや》く。

「おはよ……何時……？」

「そろそろ十時半だ。あと三十分でフリー走行が始まる」

「ええぇ――！　なんで起こしてくれないんだよっ！」

彼は一気に目が覚めたように叫び、ベッドから飛び下りる。そのままバスルームに向かって走ろうとして……一歩も歩けずに大理石の床《ゆか》の上に倒《たお》れそうになる。

「危ない！」

私は手を伸《の》ばし、彼の身体を抱《だ》き留《と》める。

「一晩かけてあんなに放ったんだ。すぐには歩けないだろう」

耳元で囁いてやると、彼はカアッと耳たぶまで赤くして、

「なんだよ、他人事《ひとごと》みたいに！　あなたが朝まで放さなかったんだろっ？」

「止まらなかったのは、君が色っぽく誘うからだ」

囁いて首筋にキスをすると、それだけで躯は小さく喘いでしまう。私は彼の身体を抱き上げ、そのままバスルームに運んでやる。

「風呂《ふろ》に入ってさっぱりしておいで。テラスにコーヒーと朝食を用意しておく」

「わ、わかったよ」

湯をためておいたバスタブの中に下ろしてやると、彼は潤《うる》んだ目で私を見上げてくる。

「もしかして……あなたも一緒《いっしょ》に入るの？」

「さっきシャワーを済ませたばかりだが、一人で入るのが寂《さび》しいのなら付き合うよ？」

バスローブの腰紐に手をかけると、彼はとても慌《あわ》てたように、

「いい！　すぐに出るから！　フリー走行でも見逃《みのが》せないんだ！」

彼のつれない言葉に、私は思わず笑ってしまう。

「わかった。コーヒーを準備しておく。長丁場になりそうだ」

そして身を屈《かが》め、愛《いと》おしい恋人《こいびと》の顎《あご》を持ち上げてその唇にそっとキスをする。

「……愛している、カケル。君に素晴らしい写真が撮れることを祈《いの》っている」

「……ン……」

彼は甘く呻き、濡《ぬ》れた指で私の肩《かた》をそっと摑《つか》む。

「いい写真が撮れたら、最高の席を準備した私は、じゅうぶんな礼をもらえるのだろうか？」

唇を触れさせたまま言うと、彼が囁き返してくれる。

「いいよ。明日の決勝が終わったらうんとお礼をする。まずは……」

彼の手が、ふいに私の首に回る。そのまま引き寄せられ、彼の方からのキス。

「……お礼の前払《まえばら》い」

照れた声で言う彼の可愛《かわい》らしさに、心が震《ふる》える。

……ああ……明日の決勝が終わるのが、本当に楽しみだ。

須藤　駆

「せっかく特別なVIP席に入れるんだ。素晴《すば》らしい写真を撮《と》って欲しい」

「うん。オレの才能に驚《おどろ》くなよ？」

モンテカールのプリンスであるマクシミリアンは、モンテカール・グランプリの決勝の今日、最高の場所を用意してくれた。ほかのプレスが入れないピットの外の壁際《かべぎわ》の場所で、オレは三《さん》脚《きゃく》を立て、カメラを構えている。

　予選の一位は、チーム『コッレオーニ』のファーストドライバー、ジャック・レジオーニ。彼がポールポジションでレースは始まった。予選の二位はチーム『ブローンGP』のキルシュタインさん。そしてバトーさんはなんと、昨日の予選でタイヤバリアーにぶつかってクラッシュ。無理やりゴールしたけれど、本番前に部品交換《こうかん》をしたので五グリッド降格してなんと六位からのスタートになってしまった。

　……だけど……。

『このまま先に行け、キルシュタイン。俺はレジオーニをどうしても抜《ぬ》けない』

ピットクルーが特別に貸してくれた通信用のヘッドフォンから、バトーさんの声が聞こえる。いつもふざけているイメージの強い彼の声は、今は血を吐《は》きそうに苦しげだ。

オレは隣《となり》に立っているマクシミリアンを、思わず見上げる。液晶《えきしょう》画面を見ていた彼は、

「一位がキルシュタイン、二位がレジオーニ、バトーはなんとか三位まで上がったが、ここからヘアピンとトンネルの難所だ。このモンテカールのコースは狭《せま》く、厳しい。ここまで抜けたのが奇跡《きせき》だ。もうムリかもしれない」

その苦しげな声に、オレの胸が締め付けられる。

『……この私がセカンドを務めるのは、あなただけだと言ったでしょう』

キルシュタインさんの声が聞こえる。激しいGに耐《た》えている彼の声はかすれているけれど、その口調は強い。

『男なら、レジオーニを抜き、私と正々堂々と勝負してください。待っています』

キルシュタインさんが言って、通信が切れる。

「どうしよう、マクシミリアン！　バトーさんが負けちゃう！」

「カケル。彼らの戦いを、きちんと撮ってやりなさい」

マクシミリアンの厳しい声に、オレはハッとする。

「それが君の使命だ。いいね？」

彼の低い声が、オレの心を不思議なほど静めてくれる。

「わかった」

オレはカメラを構え、そしてゴール前の最終コーナーを曲がって来る彼らの姿を待つ。

そして……。

『来た！』

ピットクルーが叫《さけ》ぶのが聞こえる。オレは深呼吸をしてシャッターを切り始める。最初に見えたのは№27、キルシュタインさんのマシン。そしてすぐ後に続いているのが……。

『レジオーニだ！』

ピットクルーが絶望的な声で叫ぶけど……その一瞬《いっしゅん》後、№26と描《か》かれたオーシャンブルーの車体がものすごい速度で曲がってきた。勢いがつきすぎて壁《かべ》ギリギリのコーナリング、めちゃくちゃなドライビングだけど、彼は一気にレジオーニのマシンを抜き去り、そのまま加速してくる。

『あのマシンに、あんな加速ができるのか？』

ピットクルーさえも呆然《ぼうぜん》と呟くようなものすごい速度で、バトーさんはキルシュタインさんのマシンを追い上げて……。

……すごい……！

激しいエキゾーストノートの中、オレは心臓が壊《こわ》れそうなほど鼓動《こどう》が速くなるのを感じながら、シャッターを切り続ける。そしてゴールのほんの二十センチ前で、バトーさんのマシンがキルシュタインさんのマシンを抜き去るところをしっかりと写真に収めた。

「……やった……」

ゴールを見届けるまでシャッターを切り続けたオレは、そのままへたへたとコンクリートの上に座り込む。一瞬沈黙《いっしゅんちんもく》したピットクルーがいっせいに手袋《てぶくろ》を投げ、歓声《かんせい》を上げる。

「いい写真が撮れたか？」

隣にひざまずいてくるマクシミリアンに、思わず抱《だ》きつく。

「すごいのが撮れた！　感動した！　それに、バトーさんとキルシュタインさんが！」

感極《かんきわ》まって泣いてしまうオレを、マクシミリアンの腕《うで》がしっかりと抱き締《し》める。

「よくやった、頑張《がんば》ったな、カケル」

……ああ、やっぱりオレはカメラが本気で好きだ。そして……。

オレはマクシミリアンの身体《からだ》にしっかりと抱きつきながら思う。

……この人のことも、本気で愛してる！

◆

その後。オレはマクシミリアンの部屋で彼と一緒に住み始めた。

彼の両親である大公爵《こうしゃく》とその夫人にも気に入られ、まるでお嫁《よめ》さんのように扱《あつか》われて嬉《うれ》しいながらも戸惑《とまど》う毎日だ。

モンテカール・グランプリの時に撮ったオレの写真は、ずっと憧《あこが》れていた一流レース雑誌の表紙を飾《かざ》った。その写真は評価され、オレはほんの少しだけど、立派なカメラマンになるという夢に一歩近づいた。

そして今日もオレは、マクシミリアンのそばで写真を撮る。

……こんなに麗《うるわ》しい王子様に愛されてしまって、まるでお伽噺《とぎばなし》の世界に紛《まぎ》れ込んだみたい。

「撮影《さつえい》はもうおしまいだ」

美しい夜景を撮っていたオレは、今夜もカメラを取り上げられ、ベッドに引きずり込まれて呆《あき》れてしまう。

……まあ、これがお伽噺でない証拠《しょうこ》に、王子様はとってもエッチだけどね。

オレの恋人は、ハンサムで、ワガママで、でもとってもセクシーな王子様だ。

あとがき

こんにちは、水上ルイです。初めての方に初めまして。水上の別のお話を読んでくださった方にいつもありがとうございます。

この本、『ロイヤルロマンスは突然に』は、欧州《おうしゅう》のどこかにある架空《かくう》の国、モンテカール公国を舞台《ぶたい》にしたお話。次期元首であり、モンテカール公爵《こうしゃく》でもある獰猛《どうもう》なハンサム、マクシミリアン・クリステンセンと、彼に見初《そ》められてしまった貧乏《びんぼう》でやんちゃな日本人カメラマン、須藤駆が主人公のお話です。

今回は攻《せめ》が王子様。そのためにお金持ち要素が満載《まんさい》。メガヨットと呼ばれる豪華《ごうか》クルーザーやら、F1グランプリやら、テラスからレース観戦ができる豪華マンションやら……資料を集めているだけでドキドキで、たいへん楽しく書かせていただきました！

あと、今回ちょこっと出てくるF1グランプリ、興味があっていつかは観戦してみたいと思いつつ、まだ行ったことがありません。資料をかき集めて必死で書きました（汗）。実際に観戦したことのある方や、レースや車が好きで詳《くわ》しい方がたくさんいらっしゃると思うのですが……あたたかい目で見逃《みのが》してください（気弱・涙）。

それではここで、各種お知らせコーナー。

★個人同人誌サークル『水上ルイ企画室』やってます。

オリジナルJune小説サークルです。（受かっていれば・汗）東京での夏・冬コミに参加予定。夏と冬には、新刊同人誌を出したいと思っています（希望・笑）。

★水上の情報をゲットしたい方は、公式サイト『水上通信デジタル版』へアクセス。『水上通信デジタル版』 http://www1.odn.ne.jp/ruinet へPCにてどうぞ（二〇〇九年十月現在のURLです）。

それではこのへんで、お世話になった方々に感謝の言葉を。

明神翼先生。大変お忙《いそが》しい中、本当に素敵《すてき》なイラストをどうもありがとうございました！　またご一緒《いっしょ》できて光栄です！　うち、金髪《きんぱつ》系の攻は珍《めずら》しいのですが、とても素敵なマクシミリアンに大変萌《も》えさせていただきました！　やんちゃで凛々《りり》しい駆にもうっとりしました！　これからもよろしくお願いできれば幸いです！

TARO。杏仁が膝《ひざ》に〜。可愛《かわい》い、ずっしり、そしてフカフカ。

編集担当Tさん、Iさん、Yさん、そして編集部のみなさま。今回も本当にお世話になりました。これからもよろしくお願いできれば幸いです。

この本を読んでくれたあなたへ。どうもありがとうございました。これからもがんばりますので応援《おうえん》していただけると嬉《うれ》しいです。またお会いできる日を楽しみにしています。

二〇〇九年　冬　　　　　　　　　　　　　水上ルイ

KADOKAWA RUBY BUNKO

ロイヤルロマンスは突然《とつぜん》に

水上《みなかみ》ルイ

角川ルビー文庫 R92-25　　16017

平成21年12月1日　初版発行
平成22年9月5日　5版発行

発行者——井上伸一郎
発行所——株式会社角川書店
東京都千代田区富士見2-13-3
電話/編集(03)3238-8697
〒102-8078
発売元——株式会社角川グループパブリッシング
東京都千代田区富士見2-13-3
電話/営業(03)3238-8521
〒102-8177
http://www.kadokawa.co.jp
印刷所——暁印刷　製本所——本間製本
装幀者——鈴木洋介

ISBN978-4-04-448625-9　C0193　定価はカバーに明記してあります。

KADOKAWA RUBY BUNKO

R

角川ルビー文庫

いつも「ルビー文庫」を
ご愛読いただきありがとうございます。
今回の作品はいかがでしたか?
ぜひ、ご感想をお寄せください。

〈ファンレターのあて先〉

〒102-8078 東京都千代田区富士見 2-13-3
角川書店 ルビー文庫編集部気付
「水上ルイ先生」係

水上ルイ
Rui Minakami
「そんな潤んだ目をして。
……まだ足りませんか？」
副社長×美人カウンセラーの
甘くリッチな
ラブ・ストーリー♥
いけない
エグゼクティヴ
美波は5年ぶりに思い出の相手・速斗に再会する。大企業の副社長となっていた彼は戸惑う美波を自社のカウンセラーに指名し、同居まで提案してきて…？
イラスト※蓮川 愛

水上ルイ
イラスト／こうじま奈月
イエスと言った瞬間から、君は私の退屈を紛らわせるための美しい奴隷になる――。
大富豪×美人オーナーで贈る
甘い恋の駆け引き♥
東京恋愛夜曲
トウキョウ＊レンアイ＊ヤキョク
破産寸前のインテリアショップ店主・亜季彦は、
香港の大富豪・鳳王銘から、退屈を紛らわせる奴隷になるよう命じられ…？

ルビー文庫

水上ルイ
イラスト／こうじま奈月
「俺には世界よりもあなたの方が大切なんです――」
大人気♥美形マフィアたちの
運命的なラブストーリー第2弾！
北京恋愛夜曲
ペキン★レンアイ★ヤキョク
台湾マフィアの次期首領・薫月と景悟は人目を忍ぶ恋人同士。
ところが景悟の叔父が薫月に接触してきて…？

ルビー文庫

台湾恋愛夜曲
タイワン★レンアイ★ヤキョク
水上ルイ
イラスト／こうじま奈月
「そのカラダが誰のモノか教え込んであげましょう――」
大人気♥美形マフィアたちの
運命的なラブストーリー！
台湾マフィアの次期首領・李薫月が恋に落ちた相手・景悟は、
決して結ばれることのできない相手だとわかり…!?